我的菜日文

單字

速查手冊

清音

track 002

あ ア	い イ	う ウ	え エ	お オ
阿	衣	烏	せ	歐
a	i	u	e	o
か カ	き キ	く ク	け ケ	こ コ
咖	key	哭	開	ロ
ka	ki	ku	ke	ko
さ サ	し シ	す ス	せ セ	そ ソ
撒	吸	思	誰	搜
sa	shi	su	se	so
た タ	ち チ	つ ツ	て テ	と ト
他	漆	此	貼	偷
ta	chi	tsu	te	to
な ナ	に ニ	ぬ ヌ	ね ネ	の ノ
拿	你	奴	內	no
na	ni	nu	ne	no
は ハ	ひ ヒ	ふ フ	へ ヘ	ほ ホ
哈	he	夫	嘿	吼
ha	hi	fu	he	ho
ま マ	み ミ	む ム	め メ	も モ
媽	咪	母	妹	謀
ma	mi	mu	me	mo
や ヤ		ゆ ユ		よ ヨ
呀		瘀		優
ya		yu		yo
ら ラ	り リ	る ル	れ レ	ろ ロ
啦	哩	嚕	勒	摟
ra	ri	ru	re	ro
わ ワ		を ヲ		ん ン
哇		喔		嗯
wa		o		n

濁音、半濁音

track 003

が ガ	ぎ ギ	ぐ グ	げ ゲ	ご ゴ
嘎	個衣	古	給	狗
ga	gi	gu	ge	go
ざ ザ	じ ジ	ず ズ	ぜ ゼ	ぞ ゾ
紮	基	資	賊	走
za	ji	zu	ze	zo
だ ダ	ぢ ヂ	づ ヅ	で デ	ど ド
搭	基	資	爹	兜
da	ji	zu	de	do
ば バ	び ビ	ぶ ブ	べ ベ	ぼ ボ
巴	逼	捕	背	玻
ba	bi	bu	be	bo
ぱ パ	ぴ ピ	ぷ プ	ぺ ペ	ぽ ポ
趴	披	撲	呸	剖
pa	pi	pu	pe	po

拗音 track 004

きゃ　キャ	きゅ　キュ	きょ　キョ
克呀	Q	克優
kya	kyu	kyo
しゃ　シャ	しゅ　シュ	しょ　ショ
瞎	嘘	休
sha	shu	sho
ちゃ　チャ	ちゅ　チュ	ちょ　チョ
掐	去	秋
cha	chu	cho
にゃ　ニャ	にゅ　ニュ	にょ　ニョ
娘	女	妞
nya	nyu	nyo
ひゃ　ヒャ	ひゅ　ヒュ	ひょ　ヒョ
合呀	合瘀	合優
hya	hyu	hyo
みゃ　ミャ	みゅ　ミュ	みょ　ミョ
咪呀	咪瘀	咪優
mya	myu	myo
りゃ　リャ	りゅ　リュ	りょ　リョ
力呀	驢	溜
rya	ryu	ryo

ぎゃ　ギャ	ぎゅ　ギュ	ぎょ　ギョ
哥呀	哥瘀	哥優
gya	gyu	gyo
じゃ　ジャ	じゅ　ジュ	じょ　ジョ
加	居	糾
ja	ju	Jo
ぢゃ　ヂャ	ぢゅ　ヂュ	ぢょ　ヂョ
加	居	糾
ja	ju	jo
びゃ　ビャ	びゅ　ビュ	びょ　ビョ
逼呀	逼瘀	逼優
bya	byu	byo
ぴゃ　ピャ	ぴゅ　ピュ	ぴょ　ピョ
披呀	披瘀	披優
pya	pyu	pyo

空耳で覚える
日本語
単語

空耳で覚える
日本語
単語

前言

雅典日研所為了讓讀者能夠更快速有效地掌握日語發音，特地設計菜日文系列，以更有趣並貼近生活的方式，讓讀者自然地學習並活用日語。而單字庫是日語溝通時不可或缺的工具，本書延續以往菜日文的方式，同時標註中文式發音及羅馬拼音，配合原本的日語標音及真人標準發音MP3，除了幫助讀者記憶，也期待在讀者有臨時需要時，能夠快速上手使用書中單字。

使用範例

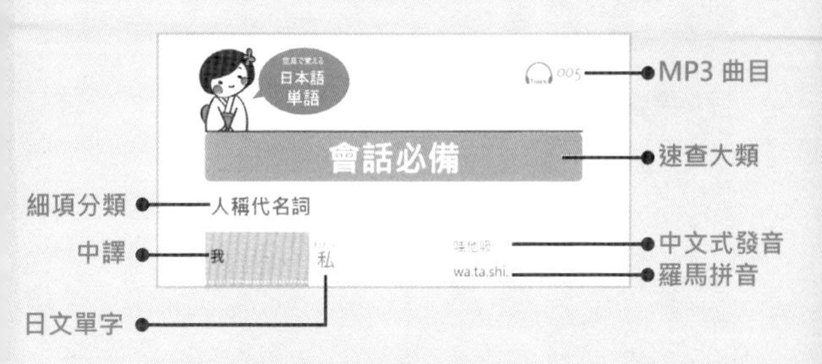

發音注意事項

促音「・」：稍停頓半拍後再發下一個音。
長音「－」：前面的音拉長一拍，再發下一個音。

在外來語中有許多特殊發音，並未列在50音發音表之中，如：「ウォ、ウィ、ディ、ティ」等。此時可參考羅馬拼音及中文式發音，並對照真人發音MP3學習。

會話必備

人稱代名詞

我	私（わたし）	哇他吸 wa.ta.shi.
我是	私（わたし）は	哇他吸哇 wa.ta.shi.wa.
我的	私（わたし）の	哇他吸 no wa.ta.shi.no.
我(男性自稱)	僕（ぼく）	玻哭 bo.ku.
你	あなた	阿拿他 a.na.ta.
我們	私達（わたしたち）	哇他吸他漆 wa.ta.shi.ta.chi.
你們	あなた達（たち）	阿拿他他漆 a.na.ta.ta.chi.
他們	彼（かれ）ら	咖勒啦 ka.re.ra.
她們	彼女（かのじょ）ら	咖 no 糾啦 ka.no.jo.ra.
這個人	この人（ひと）	口 no he 偷 ko.no.hi.to.
這位(較禮貌的說法)	この方（かた）	口 no 咖他 ko.no.ka.ta.

那個人	その人（ひと）	搜 no he 偷 so.no.hi.to.
(較遠的)那個人	あの人（ひと）	阿 no he 偷 a.no.hi.to.
這些人們	この人達（ひとたち）	口 no he 偷他添 ko.no.hi.to.ta.chi.

稱謂

~先生、小姐	～さん	撒嗯 sa.n.
~老師、醫生	～先生（せんせい）	誰嗯誰一 se.n.se.i.
~君(稱呼後輩或是男童)	～くん	哭嗯 ku.n.
小~(稱呼女性朋友或是女童)	～ちゃん	掐嗯 cha.n.
叔叔、伯伯、舅舅	おじさん	歐基撒嗯 o.ji.sa.n.
阿姨、姑姑	おばさん	歐巴撒嗯 o.ba.sa.n.
姊姊	お姉（ねえ）さん	歐內一撒嗯 o.ne.e.sa.n.
哥哥	お兄（にい）さん	歐你一撒嗯 o.ni.i.sa.n.
稱對方的先生	ご主人（しゅじん）	狗噓基嗯 go.shu.ji.n.

稱對方的老婆	奥様（おくさま）	歐哭撒媽 o.ku.sa.ma.

指示代名詞

這個	これ	口勒 ko.re.
那個	それ	搜勒 so.re.
(較遠的)那個	あれ	阿勒 a.re.
這裡	ここ	口口 ko.ko.
那裡	そこ	搜口 so.ko.
(較遠的)那裡	あそこ	阿搜口 a.so.ko.
這邊	こちら	口漆啦 ko.chi.ra.
那邊	そちら	搜漆啦 so.chi.ra.
(較遠的)那邊	あちら	阿漆啦 a.chi.ra.
那邊	そっち	搜．漆 so.cchi.
(較遠的)那邊	あっち	阿．漆 a.cchi.

疑問詞

～嗎	～か	咖 ka.
誰	誰（だれ）	搭勒 da.re.
哪邊、哪裡	どこ	兜口 do.ko.
什麼樣的	どんな	兜嗯拿 do.n.na.
幾個、幾歲	いくつ	衣哭此 i.ku.tsu.
什麼	何（なに）	拿你 na.ni.
什麼時候	いつ	衣此 i.tsu.
多少、多少錢	いくら	衣哭啦 i.ku.ra.
怎麼樣、怎麼	どう	兜一 do.u.
為什麼	どうして	兜一吸貼 do.u.shi.te.
哪一個	どれ	兜勒 do.re.
哪個	どの	兜 no do.no.

哪一個	どっち	兜・漆 do.cchi.
哪一個、哪位	どちら	兜漆啦 do.chi.ra.
大約多少、多久	どれぐらい	兜勒古啦衣 do.re.gu.ra.i.
如何	どのように	兜 no 優一你 do.no.yo.u.ni.
如何、怎麼做	どうやって	兜一呀・貼 do.u.ya.tte.
在某處	どこかに	兜口咖你 do.ko.ka.ni.
往某處	どこかへ	兜口咖せ do.ko.ka.e.
從何處	どこから	兜口咖啦 do.ko.ka.ra.
到何處	どこまで	兜口媽爹 do.ko.ma.de.

應答

是、對	はい	哈衣 ha.i.
嗯(はい的口語說法)	うん	烏嗯 u.n.
嗯(はい的口語說法)	ええ	せー e.e.

不是	いいえ	衣一せ i.i.e.
不是(いいえ的口語說法)	ううん	烏一嗯 u.u.n.
不是(いいえ的口語說法)	いや	衣呀 i.ya.
當然	もちろん	謀漆摟嗯 mo.chi.ro.n.
我知道了	わかった	哇咖·他 wa.ka.tta.
可以啊	いいですよ	衣一爹思優 i.i.de.su.yo.
這個嘛…、有點…	ちょっと	秋·偷 cho.tto.
原來如此	なるほど	拿嚕吼兜 na.ru.ho.do.
這樣嗎	そうですか	搜一爹思咖 so.u.de.su.ka.

問候

你好	こんにちは	口嗯你漆哇 ko.n.ni.chi.wa.
過得好嗎	元気(げんき)ですか	給嗯 key 爹思咖 ge.n.ki.de.su.ka.
早安	おはよう	歐哈優一 o.ha.yo.u.

晚上好	こんばんは	口嗯巴嗯哇 ko.n.ba.n.wa.
晚安	おやすみ	歐呀思咪 o.ya.su.mi.
初次見面	はじめまして	哈基妹媽吸貼 ha.ji.me.ma.shi.te.
請多指教	どうぞよろしく	兜一走優摟吸哭 do.u.zo.yo.ro.shi.ku.
再見	またね	媽他內 ma.ta.ne.
不好意思、打擾了	失礼（しつれい）します	吸此勒一吸媽思 shi.tsu.re.i.shi.ma.su.
下次再見喔	また会（あ）おうね	媽他阿歐一內 ma.ta.a.o.u.ne.
保持聯絡喔	また連絡（れんらく）してね	媽他勒嗯啦哭吸貼內 ma.ta.re.n.ra.ku.shi.te.ne.

請求

那個...	あの…	阿 no a.no.
不好意思、那個...	すみませんが	思咪媽誰嗯嘎 su.mi.ma.se.n.ga.
(我想~)可以嗎	（～して）いいですか	吸貼衣一爹思咖. shi.te.i.i.de.su.ka.
請	ください	哭搭撒衣 ku.da.sa.i.

請給我、我要	～をください	喔哭搭撒衣 o.ku.da.sa.i.
拜託你	お願(ねが)いします	歐內嘎衣吸媽思 o.ne.ga.i.shi.ma.su.
請告訴我、請教我	教(おし)えてください	歐吸せ貼哭搭撒衣 o.shi.e.te.ku.da.sa.i.

致謝道歉

謝謝、你好(非正式)	どうも	兜一謀 do.u.mo.
謝謝	ありがとう	阿哩嘎偷一 a.ri.ga.to.u.
不客氣	どう いたしまして	兜一衣他吸媽吸貼 do.u.i.ta.shi.ma.shi.te.
對不起(也可說すいません)	すみません	思咪媽誰嗯 su.mi.ma.se.n.
對不起(非正式)	ごめん	狗妹嗯 go.me.n.
沒關係	大丈夫(だいじょうぶ)です	搭衣糾一捕爹思 da.i.jo.u.bu.de.su.
不會、沒什麼	いいえ	衣一せ i.i.e.
別在意	気(き)にしないで	key 你吸拿衣爹 ki.ni.shi.na.i.de.
彼此彼此	こちらこそ	口漆啦口搜 ko.chi.ra.ko.so.

連接詞

然後	そして	搜吸貼 so.shi.te.
接著、然後	それから	搜勒咖啦 so.re.ka.ra.
況且、又	そのうえ	搜 no 烏せ so.no.u.e.
相反的	反対(はんたい)に	哈嗯他衣你 ha.n.ta.i.ni.
至少	少(すく)なくとも	思哭拿哭偷謀 su.ku.na.ku.to.mo.
總之	とにかく	偷你咖哭 to.ni.ka.ku.
可是	でも	爹謀 de.mo.
首先	まずは	媽資哇 ma.zu.wa.
舉例來說	例(たと)えば	他偷せ巴 ta.to.e.ba.
也就是	つまり	此媽哩 tsu.ma.ri.
或者	あるいは	阿嚕衣哇 a.ru.i.wa.
是這樣的、其實	実(じつ)は	基此哇 ji.tsu.wa.

日常生活

一日作息

起床	起（お）きる	歐 key 嚕 o.ki.ru.
叫醒	起（お）こす	歐口思 o.ko.su.
醒來	目（め）が覚（さ）める	妹嘎撒妹嚕 me.ga.sa.me.ru.
洗臉	顔（かお）を洗（あら）う	咖歐喔阿啦烏 ka.o.o.a.ra.u.
刷牙	歯（は）を磨（みが）く	哈喔咪嘎哭 ha.o.mi.ga.ku.
上廁所	トイレに行（い）く	偷衣勒你衣哭 to.i.re.ni.i.ku.
換衣服	着替（きが）える	key 嘎せ嚕 ki.ga.e.ru.
出門	出（で）かける	爹咖開嚕 de.ka.ke.ru.
午休	昼休（ひるやす）み	he 嚕呀思咪 hi.ru.ya.su.mi.
工作	働（はたら）く	哈他啦哭 ha.ta.ra.ku.
玩	遊（あそ）ぶ	阿搜捕 a.so.bu.

學習、用功	べんきょう 勉強する	背嗯克優一思嚕 be.n.kyo.u.su.ru.
回去	かえ 帰る	咖せ嚕 ka.e.ru.
休息	やす 休む	呀思母 ya.su.mu.
洗澡	ふ ろ はい 風呂に入る	夫摟你哈衣嚕 fu.ro.ni.ha.i.ru.
睡覺	ね 寝る	內嚕 ne.ru.
做夢	ゆめ み 夢を見る	瘀妹喔咪嚕 yu.me.o.mi.ru.
惡夢	あくむ 悪夢	阿哭母 a.ku.mu.

家庭關係

祖父	そ ふ 祖父	搜夫 so.fu.
祖母	そ ぼ 祖母	搜玻 so.bo.
父母、雙親	りょうしん 両 親	溜一吸嗯 ryo.u.shi.n.
父親	ちち 父	漆漆 chi.chi.
母親	はは 母	哈哈 ha.ha.

(稱自己的)丈夫	しゅじん 主人	噓基嗯	shu.ji.n.
(稱自己的)妻子	つま 妻	此媽	tsu.ma.
兄弟姊妹、手足	きょうだい 兄弟	克優一搭衣	kyo.u.da.i.
姊妹	しまい 姉妹	吸媽衣	shi.ma.i.
哥哥	あに 兄	阿你	a.ni.
弟弟	おとうと 弟	歐偷一偷	o.to.u.to.
妹妹	いもうと 妹	衣謀一偷	i.mo.u.to.
姊姊	あね 姉	阿內	a.ne.
孫子	まご 孫	媽狗	ma.go.
女兒	むすめ 娘	母思妹	mu.su.me.
女婿	むこ 婿	母口	mu.ko.
兒子	むすこ 息子	母思口	mu.su.ko.
媳婦	よめ 嫁	優妹	yo.me.

姻親關係的	義理の（ぎり）	個衣哩 no gi.ri.no.
配偶的父親	しゅうと	噓一偷 shu.u.to.
配偶的母親	しゅうとめ	噓一偷妹 shu.u.to.me.

親戚

堂兄弟姊妹、表兄弟姊妹	いとこ	衣偷口 i.to.ko.
姪子、外甥	おい	歐衣 o.i.
姪女、外甥女	めい	妹衣 me.i.

人際關係

朋友	友達（ともだち）	偷謀他漆 to.mo.da.chi.
好友	親友（しんゆう）	吸嗯瘀一 shi.n.yu.u.
有數面之緣的人	顔見知り（かおみし）	咖歐咪吸哩 ka.o.mi.shi.ri.
認識的人、朋友	知り合い（し・あ）	吸哩阿衣 shi.ri.a.i.
一起長大的朋友	幼なじみ（おさな）	歐撒拿拿基咪 o.sa.na.na.ji.mi.

朋友、同伴	なかま 仲間	拿咖媽 na.ka.ma.
鄰居	きんじょ ご近所さん	狗 key 嗯糾撒嗯 go.ki.n.jo.sa.n.
感情好	なかよ 仲良し	拿咖優吸 na.ka.yo.shi.
感情很差	なか　わる 仲が悪い	拿咖嘎哇嚕衣 na.ka.ga.wa.ru.i.

見面聚會

邀請	さそ 誘う	撒搜烏 sa.so.u.
派對	パーティー	趴一踢一 pa.a.ti.i.
飯局	しょくじかい 食事会	休哭基咖衣 sho.ku.ji.ka.i.
喝下午茶、喝茶聊天	ちゃ お茶する	歐掐思嚕 o.cha.su.ru.
活動	イベント	衣背嗯偷 i.be.n.to.
(個人的)情況	つごう 都合	此狗一 tsu.go.u.
(相約)會合、碰面	ま　あ 待ち合わせ	媽漆阿哇誰 ma.chi.a.wa.se.
被放鴿子	すっぽかされる	思．剖咖撒勒嚕 su.ppo.ka.sa.re.ru.

遲到	遅刻（ちこく）	漆口哭 chi.ko.kku.
臨時取消	ドタキャン	兜他克呀嗯 do.ta.kya.n.
久等了	お待（ま）たせ	歐媽他誰 o.ma.ta.se.

戀愛婚姻

喜歡	好（す）き	思 key su.ki.
談戀愛	恋（こい）する	口衣思嚕 ko.i.su.ru.
一見鍾情	一目惚（ひとめぼ）れ	he 偷妹玻勒 hi.to.me.bo.re.
告白	告白（こくはく）する	口哭哈哭思嚕 ko.ku.ha.ku.su.ru.
約會	デート	爹一偷 de.e.to.
情侶	恋人（こいびと）	口衣逼偷 ko.i.bi.to.
男友	彼氏（かれし）	咖勒吸 ka.re.shi.
女友	彼女（かのじょ）	咖 no 糾 ka.no.jo.
夫妻	夫婦（ふうふ）	夫一夫 fu.u.fu.

求婚	プロポーズ	撲摟剖一資 pu.ro.po.o.zu.
結婚	結婚（けっこん）	開．口嗯 ke.kko.n.
已婚	既婚（きこん）	key 口嗯 ki.ko.n.
離婚	離婚（りこん）	哩口嗯 ri.ko.n.
離婚過一次	バツイチ	巴此衣漆 ba.tsu.i.chi.
未婚	未婚（みこん）	咪口嗯 mi.ko.n.
結婚典禮	結婚式（けっこんしき）	開．口嗯吸 key ke.kko.n.shi.ki.
喜宴	披露宴（ひろうえん）	he 摟一せ嗯 hi.ro.e.n.

懷孕育兒

小孩子	子供（こども）	口兜謀 ko.do.mo.
嬰兒	赤（あか）ちゃん	阿咖掐嗯 a.ka.cha.n.
雙胞胎	ふたご	夫他狗 fu.ta.go
懷孕	妊娠（にんしん）	你嗯吸嗯 ni.n.shi.n.

幾個月了	なんかげつめ 何ヶ月目	拿嗯咖給此妹 na.n.ka.ge.tsu.me.
孕吐、懷孕不適	つわり	此哇哩 tsu.wa.ri.
預產期	しゅっさんよていび 出産予定日	噓・撒嗯優貼一逼 shu.ssa.n.yo.te.i.bi.
生產	しゅっさん 出産する	噓・撒嗯思嚕 shu.ssa.n.su.ru.
產後憂鬱	さんご 産後クライシス	撒嗯狗哭啦衣吸思 sa.n.go.ku.ra.i.shi.su.
早產	そうざん 早産	搜一撒嗯 so.u.sa.n.
產假	さんきゅう 産 休	撒嗯 Q 一 sa.n.kyu.u.
哺乳室	じゅにゅうしつ 授乳室	居女一吸此 ju.nyu.u.shi.tsu.
育兒中心	ベビールーム	背逼一嚕一母 be.bi.i.ru.u.mu.
紙尿布	おむつ	歐母此 o.mu.tsu.
奶瓶	ほにゅうびん 哺乳瓶	吼女一逼嗯 ho.nyu.u.bi.n.
奶嘴	おしゃぶり	歐瞎捕哩 o.sha.bu.ri.
玩具	おもちゃ	歐謀掐 o.mo.cha.

嬰兒車	ベビーカー	背逼一咖一 be.bi.i.ka.a.
育兒	子育て（こそだ）	口搜搭貼 ko.so.da.te.

突發狀況

意外	事故（じこ）	基口 ji.ko.
火災	火事（かじ）	咖基 ka.ji.
停電	停電（ていでん）	貼一爹嗯 te.i.de.n.
遺失物	忘れ物（わすもの）	哇思勒謀 no wa.su.re.mo.no.
救命啊、幫幫忙	助けて（たす）	他思開貼 ta.su.ke.te.
110 報案電話	110 番（ひゃくとおばん）	合呀哭偷一巴嗯 hya.ku.to.o.ba.n.
119 報案電話	119 番（ひゃくじゅうきゅうばん）	合呀哭居一Q一巴嗯 hya.ku.ju.u.kyu.u.ba.n.
警察局、派出所	交番（こうばん）	口一巴嗯 ko.u.ba.n.
救護車	救急車（きゅうきゅうしゃ）	Q一Q一瞎 kyu.u.kyu.u.sha.
警車	パトカー	趴偷咖一 pa.to.ka.a.

外表

形容外表

美麗的	うつく 美しい	烏此哭吸一 u.tsu.ku.shi.i.
漂亮的	きれい	key 勒一 ki.re.i.
有女人味的	いろ 色っぽい	衣摟・剖衣 i.ro.ppo.i.
迷人的	みりょくてき 魅力的	咪溜哭貼 key mi.ryo.ku.te.ki.
可愛的	かわいい	咖哇衣一 ka.wa.i.i.
帥氣的(也可說かっこいい)	かっこういい	咖・口一衣一 ka.kko.u.i.i.
帥哥	イケメン	衣開妹嗯 i.ke.me.n.
美女	びじん 美人	逼基嗯 bi.ji.n.

體態

體格、體型	たいかく 体格	他衣咖哭 ta.i.ka.ku.
身體曲線	ボディライン	玻低啦衣嗯 bo.di.ra.i.n.

身材很好、很會打扮	スタイルがいい	思他衣嚕嘎衣一 su.ta.i.ru.ga.i.i.
身高	身長（しんちょう）	吸嗯秋一 shi.n.cho.u.
體重	体重（たいじゅう）	偷衣居一 ta.i.ju.u.
肥胖	太（ふと）っている	夫偷・貼衣嚕 fu.to.tte.i.ru.
瘦的	痩（や）せている	呀誰貼衣嚕 ya.se.te.i.ru.
微胖、豐滿	ぽっちゃり	剖・掐哩 po.ccha.ri.
很瘦的	がりがり	嘎哩嘎哩 ga.ri.ga.ri.
高的	背（せ）が高（たか）い	誰嘎他咖衣 se.ga.ta.ka.i.
矮的	背（せ）が低（ひく）い	誰嘎 he 哭衣 se.ga.hi.ku.i.
精壯結實的	たくましい	他哭媽吸一 ta.ku.ma.shi.i.
駝背	猫背（ねこぜ）	內口賊 ne.ko.ze.
(個頭)很大	大柄（おおがら）	歐一嘎啦 o.o.ga.ra.
(個頭)嬌小	小柄（こがら）	口嘎啦 ko.ga.ra.

儀容

打扮、外表	かっこう	咖・口一 ka.ko.u.
教養、注意外表	身(み)だしなみ	咪搭吸拿咪 mi.da.shi.na.mi.
外表	外見(がいけん)	嘎衣開嗯 ga.i.ke.n.
娘娘腔	めめしい	妹妹吸一 me.me.shi.i.
男孩子氣	男(おとこ)っぽい	歐偷口・剖衣 o.to.ko.ppo.i.
邋遢	だらしない	搭啦吸拿衣 da.ra.shi.na.i.
優雅	上品(じょうひん)	糾一 he 嗯 jo.u.hi.n.
很時尚	おしゃれ	歐瞎勒 o.sha.re.

長相特徵

氣色	顔色(かおいろ)	咖歐衣摟 ka.o.i.ro.
面相	人相(にんそう)	你嗯搜一 ni.n.so.u.
鬍鬚	ひげ	he 給 hi.ge.

酒窩	えくぼ	せ哭玻 e.ku.bo.
眼神	目(め)つき	妹此 key me.tsu.ki.
單眼皮	一重(ひとえ)	he 偷せ hi.to.e.
雙眼皮	二重(ふたえ)	夫他せ fu.ta.e.
鼻梁很挺	鼻筋(はなすじ)が通(とお)る	哈拿思基嘎偷一嚕 ha.na.su.ji.ga.to.o.ru.
膚色黑	色黒(いろぐろ)	衣摟古摟 i.ro.gu.ro.
膚色白	色白(いろじろ)	衣摟基摟 i.ro.ji.ro.
痣	ほくろ	吼哭摟 ho.ku.ro.
青春痘	ニキビ	你 key 逼 ni.ki.bi.
雀斑	そばかす	搜巴咖思 so.ba.ka.su.
斑	しみ	吸咪 shi.mi.
皺紋	しわ	吸哇 shi.wa.
胎記、瘀青	あざ	阿紮 a.za.

個性情緒

個性

個性	性格（せいかく）	誰一咖哭 se.i.ka.ku.
個性開朗	明るい（あか）	阿咖嚕衣 a.ka.ru.i.
個性陰沉	暗い（くら）	哭啦衣 ku.ra.i.
沉穩、順從	おとなしい	歐偷拿吸一 o.to.na.shi.i.
誠實、老實	正直（しょうじき）	休一基 key sho.u.ji.ki.
內向	内気（うちき）	烏漆 key u.chi.ki.
膽小	臆病（おくびょう）	歐哭逼優一 o.ku.byo.u.
聰明、機伶	かしこい	咖吸口衣 ka.shi.ko.i.
懶惰蟲	怠け者（なま もの）	拿媽開謀 no na.ma.ke.mo.no.
溫柔	やさしい	呀撒吸一 ya.sa.shi.i.
愛生氣	怒りっぽい（おこ）	歐口哩．剖衣 o.ko.ri.ppo.i.

很有趣	面白い（おもしろ）	歐謀吸摟衣 o.mo.shi.ro.i.
很狡猾	ずるい	資嚕衣 zu.ru.i.
愛乾淨	几帳面（きちょうめん）	key 秋一妹嗯 ki.cho.u.me.n.
沒耐性、易怒	短気（たんき）	他嗯 key ta.n.ki.
冷淡	冷たい（つめ）	此妹他衣 tsu.me.ta.i.
好勝	負けず嫌い（ま／ぎら）	媽開資個衣啦衣 ma.ke.zu.gi.ra.i.
任性	わがまま	哇嘎媽媽 wa.ga.ma.ma.
煩人	しつこい	吸此口衣 shi.tsu.ko.i.
可靠	しっかりしている	吸・咖哩吸貼衣嚕 shi.kka.ri.shi.te.i.ru.
我行我素	マイペース	媽衣呸一思 ma.i.pe.e.su.

喜怒哀樂

情感	感情（かんじょう）	咖嗯糾一 ka.n.jo.u.
感覺、狀況	気分（きぶん）	key 捕嗯 ki.bu.n.

高興	うれしい	烏勒吸一 u.re.shi.i.
快樂、愉快	楽(たの)しい	他 no 吸一 ta.no.shi.i.
幸福	しあわせ	吸阿哇誰 shi.a.wa.se.
興奮	わくわく	哇哭哇哭 wa.ku.wa.ku.
生氣、火大	ムカつく	母咖此哭 mu.ka.tsu.ku.
不耐煩	うんざり	烏嗯紮哩 u.n.za.ri.
悲傷	悲(かな)しい	咖拿吸一 ka.na.shi.i.
痛苦、煎熬	苦(くる)しい	哭嚕吸一 ku.ru.shi.i.

其他情緒

驚訝	びっくり	逼・哭哩 bi.kku.ri.
可惜	惜(お)しい	歐吸一 o.shi.i.
不甘心	悔(くや)しい	哭呀吸一 ku.ya.shi.i.
可惜	残念(ざんねん)	紮嗯內嗯 za.n.ne.n.

無趣	つまらない	此媽啦拿衣 tsu.ma.ra.na.i.
可怕、害怕	怖(こわ)い	口哇衣 ko.wa.i.
煩惱	悩(なや)む	拿呀母 na.ya.mu.
期待	楽(たの)しみ	他 no 吸咪 ta.no.shi.mi.
寂寞	寂(さび)しい	撒逼吸一 sa.bi.shi.i.
難堪、丟臉	情(なさ)けない	拿撒開拿衣 na.sa.ke.na.i.
害羞	恥(は)ずかしい	哈資咖吸一 ha.zu.ka.shi.i.
慌亂	パニック	趴你．哭 pa.ni.kku.

喜好感想

感想	感想(かんそう)	咖嗯搜一 ka.n.so.u.
喜好	好(す)き嫌(きら)い	思 key key 啦衣 su.ki.ki.ra.i.
喜歡	好(この)み	口 no 咪 ko.no.mi.
討厭	嫌(きら)い	key 啦衣 ki.ra.i.

好	いい	衣一 i.i.
不好	よくない	優哭拿衣 yo.ku.na.i.
尚可	まあまあ	媽一媽一 ma.a.ma.a.
差強人意、還差一點	いまいち	衣媽衣漆 i.ma.i.chi.

表情

表情	表情（ひょうじょう）	合優一糾一 hyo.u.jo.u.
笑容	笑顔（えがお）	せ嘎歐 e.ga.o.
哭臉	泣（な）き顔（がお）	拿 key 嘎歐 na.ki.ga.o.
笑	笑（わら）う	哇啦烏 wa.ra.u.
哭	泣（な）く	拿哭 na.ku.
眼淚	涙（なみだ）	拿咪搭 na.mi.da.
臉紅	赤面（せきめん）する	誰 key 妹嗯思嚕 se.ki.me.n.su.ru.
苦笑	苦笑（にがわら）い	你嘎哇啦衣 ni.ga.wa.ra.i.

人體

五官

臉	顔（かお）	咖歐 ka.o.
眼睛	目（め）	妹 me.
眉毛	眉毛（まゆげ）	媽瘀給 ma.yu.ge.
睫毛	まつ毛（げ）	媽此給 ma.tsu.ge.
耳朵	耳（みみ）	咪咪 mi.mi.
嘴巴	口（くち）	哭漆 ku.chi.
嘴唇	唇（くちびる）	哭漆逼嚕 ku.chi.bi.ru.
鼻子	鼻（はな）	哈拿 ha.na.
下巴	あご	阿狗 a.go.

感覺

感受、感覺到	感（かん）じる	咖嗯基嚕 ka.n.ji.ru.

看	見(み)る	咪嚕 mi.ru.
聞	嗅(か)ぐ	咖古 ka.gu.
吃	食(た)べる	他背嚕 ta.be.ru.
品味	味(あじ)わう	阿基哇烏 a.ji.wa.u.
聽	聴(き)く	key 哭 ki.ku.
碰、摸	触(さわ)る	撒哇嚕 sa.wa.ru.
說話	話(はな)す	哈拿思 ha.na.su.
想、思考	考(かんが)える	咖嗯嘎せ嚕 ka.n.ga.e.ru.

身體部位

頭	頭(あたま)	阿他媽 a.ta.ma.
脖子	首(くび)	哭逼 ku.bi.
胸	胸(むね)	母內 mu.ne.
手臂	腕(うで)	烏爹 u.de.

手	手(て)	貼 te.
指頭	指(ゆび)	瘀逼 yu.bi.
肚子	お腹(なか)	歐拿咖 o.na.ka.
腿、腳	足(あし)	阿吸 a.shi.
臀部	お尻(しり)	歐吸哩 o.shi.ri.
膝蓋	膝(ひざ)	he 紮 hi.za.
腳裸	足首(あしくび)	阿吸哭逼 a.shi.ku.bi.
背	背中(せなか)	誰拿咖 se.na.ka.
肩	肩(かた)	咖他 ka.ta.

器官

內臟	臓器(ぞうき)	走一 key zo.u.ki.
腦	脳(のう)	no 一 no.u.
心臟	心臓(しんぞう)	吸嗯走一 shi.n.zo.u.

中文	日文	空耳	拼音
肺	肺（はい）	哈衣	ha.i.
胃腸	胃腸（いちょう）	衣秋一	i.cho.u.
肝	肝臓（かんぞう）	咖嗯走一	ka.n.zo.u.
腎	腎臓（じんぞう）	基嗯走一	ji.n.zo.u.
骨頭	骨（ほね）	吼內	ho.ne.
關節	関節（かんせつ）	咖嗯誰此	ka.n.se.tsu.
肌肉	筋肉（きんにく）	key 嗯你哭	ki.n.ni.ku.
血液	血液（けつえき）	開此せ key	ke.tsu.e.ki.

動作

中文	日文	空耳	拼音
手勢、肢體語言	身振（みぶ）り	咪捕哩	mi.bu.ri.
姿勢、動作	仕草（しぐさ）	吸古撒	shi.gu.sa.
站	立（た）つ	他此	ta.tsu.
坐	座（すわ）る	思哇嚕	su.wa.ru.

躺	横(よこ)になる	優口你拿嚕 yo.ko.ni.na.ru.
蹲下	しゃがむ	瞎嘎母 sha.ga.mu.
彎腰	腰(こし)を曲(ま)げる	口吸喔媽給嚕 ko.shi.o.ma.ge.ru.
跳	跳(と)ぶ	偷捕 to.bu.
拍手	拍手(はくしゅ)	哈哭噓 ha.ku.shu.
握手	握手(あくしゅ)	阿哭噓 a.ku.shu.
丟	投(な)げる	拿給嚕 na.ge.ru.

體力

體力	体力(たいりょく)	他衣溜哭 ta.i.ryo.ku.
運動	運動(うんどう)	烏嗯兜ー u.n.do.u.
運動不足	運動不足(うんどうぶそく)	烏嗯兜ー捕搜哭 u.n.do.u.bu.so.ku.
提不起勁	だるい	搭嚕衣 da.ru.i.
(有)精神、體力	元気(げんき)	給嗯 key ge.n.ki.

居住空間

建築

建築物	たてもの 建物	他貼謀 no ta.te.mo.no.
家、房子	いえ 家	衣せ i.e.
大樓	ビル	逼嚕 bi.ru.
公寓	アパート	阿趴一偷 a.pa.a.to.
高級公寓、住宅大樓	マンション	媽嗯休嗯 ma.n.sho.n.
獨棟建築	いっけんや 一軒家	衣・開嗯呀 i.kke.n.ya.
倉庫	そうこ 倉庫	搜一口 so.u.ko.
住宅區	だんち 団地	搭嗯漆 da.n.chi.

房屋構造

門	ドア	兜阿 do.a.
玄關	げんかん 玄関	給嗯咖嗯 ge.n.ka.n.

窗戶	まど 窓	媽兜 ma.do.
天花板	てんじょう 天井	貼嗯糾一 te.n.jo.u.
地板	ゆか 床	瘀咖 yu.ka.
牆壁	かべ 壁	咖背 ka.be.
樓梯	かいだん 階段	咖衣搭嗯 ka.i.da.n.
電梯	エレベーター	せ勒背一他一 e.re.be.e.ta.a.
(無天花板的)陽台、露台	バルコニー	巴嚕口你一 ba.ru.ko.ni.i.
(有天花板的)陽台	ベランダ	背啦嗯搭 be.ra.n.da.
儲藏室	ものおき 物置	謀 no 歐 key mo.no.o.ki.
車庫	しゃこ 車庫	瞎口 sha.ko.
庭院	にわ 庭	你哇 ni.wa.

屋內設備

裝於地板內的暖氣裝置	ゆかだんぼう 床暖房	瘀咖搭嗯玻一 yu.ka.da.n.bo.u.

暖氣	だんぼう 暖房	搭嗯玻一 da.n.bo.u.
冷氣	れいぼう 冷房	勒一玻一 re.i.bo.u.
自來水	すいどう 水道	思衣兜一 su.i.do.u.
瓦斯	ガス	嘎思 ga.su.
電力	でんき 電気	爹嗯 key de.n.ki.
照明設備	しょうめい 照明	休一妹嗯 sho.u.me.i.
對講機	インターホン	衣嗯他一吼嗯 i.n.ta.a.ho.n.

房間

客廳	リビング	哩逼嗯古 ri.bi.n.gu.
廚房	だいどころ 台所	搭衣兜口摟 da.i.do.ko.ro.
飯廳	ダイニング	搭衣你嗯古 da.i.ni.n.gu.
和室	わしつ 和室	哇吸此 wa.shi.tsu.
房間	へや 部屋	嘿呀 he.ya.

睡房	寝室（しんしつ）	吸嗯吸此 shi.n.shi.tsu.
客房	客室（きゃくしつ）	克呀哭吸此 kya.ku.shi.tsu.
小孩房	子供部屋（こどもべや）	口兜謀背呀 ko.do.mo.be.ya.
書房	書斎（しょさい）	休撒衣 sho.sa.i.
工作室	仕事部屋（しごとべや）	吸狗偷背呀 shi.go.to.be.ya.
衣物間	ウォークインクローゼット	窩一哭衣嗯哭摟一賊・偷 u.o.o.ku.i.n.ku.ro.o.ze.tto.
壁櫥	押入れ（おしい）	歐吸衣勒 o.shi.i.re.

家具

家俱	家具（かぐ）	咖古 ka.gu.
收納	収納（しゅうのう）	嘘一 no 一 shu.u.no.u.
五斗櫃、櫃子	タンス	他嗯思 ta.n.su.
架子、櫥櫃	棚（たな）	他拿 ta.na.
書桌	学習机（がくしゅうづくえ）	嘎哭嘘一資哭せ ga.ku.shu.u.zu.ku.e.

抽屜	引(ひ)き出(だ)し	he key 搭吸 hi.ki.da.shi.
和式椅	座椅子(ざいす)	紮衣思 za.i.su.
桌子(也可說つくえ)	テーブル	貼一捕嚕 te.e.bu.ru.
沙發(也可說ソファ)	ソファー	搜發一 so.fa.a.
椅子	椅子(いす)	衣思 i.su.

寢具

床	ベッド	背·兜 be.ddo.
棉被	布団(ふとん)	夫偷嗯 fu.to.n.
毯子	毛布(もうふ)	謀一夫 mo.u.fu.
彈簧床墊	マットレス	媽·偷勒思 ma.tto.re.su.
床單	シーツ	吸一此 shi.i.tsu.
枕頭	枕(まくら)	媽哭啦 ma.ku.ra.
被套枕套等防塵套的統稱	カバー	咖巴一 ba.a.

衣櫃	クローゼット	哭摟一賊·偷 ku.ro.ze.tto.

廚房用品

餐具櫃	食器棚（しょっきだな）	休·key 搭拿 sho.kki.da.na.
水槽	シンク	吸嗯哭 shi.n.ku.
瓦斯爐、感應爐	コンロ	口嗯摟 ko.n.ro.
抽油煙機	レンジフード	勒嗯基夫一兜 re.n.ji.fu.u.do.
烤箱	オーブン	歐一捕嗯 o.o.bu.n.
微波爐	電子（てんし）レンジ	爹嗯吸勒嗯基 de.n.shi.re.n.ji.
冰箱	冷蔵庫（れいぞうこ）	勒一走一口 re.i.zo.u.ko.
砧板	まな板（いた）	媽拿衣他 ma.na.i.ta.
菜刀	包丁（ほうちょう）	吼一秋一 ho.u.cho.u.
圍裙	エプロン	せ撲摟嗯 e.pu.ro.n.
水壺	やかん	呀咖嗯 ya.ka.n.

熱水壺	電気（でんき）ポット	爹嗯 key 剖・偷 de.n.ki.po.tto.
小烤箱	トースター	偷一思他一 to.o.su.ta.a.
電子鍋	炊飯器（すいはんき）	思衣哈嗯 key su.i.ha.n.ki.
削皮刀	皮（かわ）むき	咖哇母 key ka.wa.mu.ki.
鍋子	鍋（なべ）	拿背 na.be.
鍋鏟	フライ返（がえ）し	夫啦衣嘎ㄝ吸 fu.ra.i.ga.e.shi.
飯杓	しゃくし	瞎哭吸 sha.ku.shi.
保鮮膜	ラップ	啦・撲 ra.ppu.
保鮮盒	タッパー	他・趴一 ta.ppa.a.

盥洗設備

廁所	トイレ	偷衣勒 to.i.re.
洗手洗臉的地方	洗面所（せんめんじょ）	誰嗯妹嗯糾 se.n.me.n.jo.
浴室、澡間	風呂場（ふろば）	夫摟巴 fu.ro.ba.

024

浴缸	バスタブ	巴思他捕 ba.su.ta.bu.
淋浴、蓮蓬頭	シャワー	瞎哇一 sha.wa.a.
水龍頭	じゃぐち 蛇口	加古漆 ja.gu.chi.
馬桶(通常用トイレ代稱)	べんき 便器	背嗯 key be.n.ki.
吹風機	ドライヤー	兜啦衣呀一 do.ra.i.ya.
(廁所用)衛生紙	トイレット ペーパー	偷衣勒・偷呸一趴一 to.i.re.tto.pe.e.pa.a.
毛巾	タオル	他歐嚕 ta.o.ru.
洗臉台	せんめんだい 洗面台	誰嗯妹嗯搭衣 se.n.me.n.da.i.
牙刷	は 歯ブラシ	哈捕啦吸 ha.bu.ra.shi.
刷牙、牙膏	はみが 歯磨き	咖咪嘎 key ha.mi.ga.ki.
牙線	デンタルフロス	爹嗯他嚕夫摟思 de.n.ta.ru.fu.ro.su.
漱口水	デンタルリンス	爹嗯他嚕哩嗯思 de.n.ta.ru.ri.n.su.
馬桶刷	トイレブラシ	偷衣勒捕啦吸 to.i.re.bu.ra.shi.

免治馬桶	ウォシュレット	窩噓勒・偷 wo.shu.re.tto.
抽風機	換気扇（かんきせん）	咖嗯 key 誰嗯 ka.n.ki.se.n.
熱水器	湯沸かし器（ゆわかしき）	瘀哇咖吸 key yu.ka.wa.shi.ki.

電器

家電	家電（かでん）	咖爹嗯 ka.de.n.
電燈	電気（でんき）	爹嗯 key de.n.ki.
檯燈	電気スタンド（でんき）	爹嗯 key 思他嗯兜 de.n.ki.su.ta.n.do.
空氣清淨機	空気清浄機（くうきせいじょうき）	哭一 key 誰一糾一 key ku.u.ki.se.i.jo.u.ki.
加濕機	加湿器（かしつき）	咖吸此 key ka.shi.tsu.ki.
(CD、DVD) 播放器	プレーヤー	撲勒一呀一 pu.re.e.ya.a.
錄影機	レコーダー	勒口一搭一 re.ko.o.da.a.
音響組合	ステレオ	思貼勒歐 su.te.re.o.
遙控器	リモコン	哩謀口嗯 ri.mo.ko.n.

電扇	扇風機（せんぷうき）	誰嗯撲一 key se.n.pu.u.ki.
空調	エアコン	せ阿口嗯 e.a.ko.n.
電視機	テレビ	貼勒逼 te.re.bi.
錄影功能	録画機能（ろくがきのう）	摟哭嘎 key no 一 ro.ku.ga.ki.no.u.
打開(電器)	～をつける	喔此開嚕 o.tsu.ke.ru.
關掉(電器)	～を消（け）す	喔開思 o.ke.su.

家用雜貨

面紙 / 衛生紙	ティッシュ	踢・噓 ti.sshu.
收納箱	収納（しゅうのう）ボックス	噓一 no 一玻・哭思 shu.u.no.u.bo.kku.su.
傘	傘（かさ）	咖撒 ka.sa.
垃圾桶	ゴミ箱（はこ）	狗咪巴口 go.mi.ba.ko.
鏡子	かがみ	咖嘎咪 ka.ga.mi.
全身鏡、穿衣鏡	姿見（すがたみ）	思嘎他咪 su.ga.ta.mi.

地墊、地毯	ラグ	啦古 ra.gu.
踏墊	マット	媽・偷 ma.tto.
地毯	カーペット	咖一呸・偷 ka.a.pe.tto.
窗簾	カーテン	咖・貼嗯 ka.a.te.n.
椅墊	クッション	哭・休嗯 ku.ssho.n.
和式座墊	座布団（ざぶとん）	紮捕偷嗯 za.bu.to.n.
時鐘	時計（とけい）	偷開一 to.ke.i.
鬧鐘	目覚まし（めざ）	妹紮媽吸 me.za.ma.shi.

家事

家事	家事（かじ）	咖基 ka.ji.
打掃	掃除（そうじ）	搜一基 so.u.ji.
洗衣	洗濯（せんたく）	誰嗯他哭 se.n.ta.ku.
洗碗	皿洗い（さらあら）	撒啦阿啦衣 sa.ra.a.ra.i.

待洗或洗好的衣物	せんたくもの 洗濯物	誰嗯他哭謀 no se.n.ta.ku.mo.no.
洗衣機	せんたくき 洗濯機	誰嗯他哭 key se.n.ta.ku.ki.
吸塵器	そうじき 掃除機	搜一基 key so.u.ji.ki.
抹布	ぞうきん 雑巾	走一 key 嗯 zo.u.ki.n.
洗潔劑	せんざい 洗剤	誰嗯紮衣 se.n.za.i.
掃帚	ほうき	吼一 key ho.u.ki.
畚箕	ちりと 塵取り	漆哩偷哩 chi.ri.to.ri.
拖把	モップ	謀・撲 mo.ppu.
撢子	ダスター	搭思他一 da.su.ta.a.
殺蟲劑	さっちゅうざい 殺虫剤	撒・去一紮衣 sa.cchu.u.za.i.
驅蟲（劑）、防蚊劑	むし 虫よけ	母吸優開 mu.shi.yo.ke.
除臭劑	しょうしゅうざい 消臭剤	休一噓一紮衣 sho.u.shu.u.za.i.
靜電拖把	フロアワイパー	夫摟阿哇衣趴一 fu.ro.a.wa.i.pa.a.

棕刷	たわし	他哇吸 ta.wa.shi.
廚房用清潔海棉	キッチンスポンジ	key· 漆嗯思剖嗯基 ki.cchi.n.su.po.n.ji.

租賃

房東	大家（おおや）	歐一呀 o.o.ya.
管理員、舍監	管理人（かんりにん）	咖嗯哩你嗯 ka.n.ri.ni.n.
租的房子	借（か）り家（や）	咖哩呀 ka.ri.ya.
租賃	賃貸（ちんたい）	漆嗯他衣 chi.n.ta.i.
自己的房子	持（も）ち家（いえ）	謀漆一せ mo.chi.i.e.
父母家	実家（じっか）	基·咖 ji.kka.
租、借	借（か）りる	咖哩嚕 ka.ri.ru.
房租	家賃（やちん）	呀漆嗯 ya.chi.n.
宿舍	寮（りょう）	溜一 ryo.u.
公司宿舍	社宅（しゃたく）	瞎他哭 sha.ta.ku.

027

數量單位

數字單位

數、數量(也可念作かず)	数(すう)	思一 su.u.
數字	数字(すうじ)	思一基 su.u.ji.
數量	数量(すうりょう)	思一溜一 su.u.ryo.u.
位數(如2位數、3位數等)	桁(けた)	開他 ke.ta.
個位	一(いち)の位(くらい)	衣漆 no 哭啦衣 i.chi.no.ku.ra.i.
十位	十(じゅう)の位(くらい)	居一 no 哭啦衣 ju.u.no.ku.ra.i.
百位	百(ひゃく)の位(くらい)	合呀哭 no 哭啦衣 hya.ku.no.ku.ra.i.
千位	千(せん)の位(くらい)	誰嗯 no 哭啦衣 se.n.no.ku.ra.i.
萬位	万(まん)の位(くらい)	媽嗯 no 哭啦衣 ma.n.no.ku.ra.i.
億位	億(おく)の位(くらい)	歐哭 no 哭啦衣 o.ku.no.ku.ra.i.
兆位	兆(ちょう)の位(くらい)	秋一 no 哭啦衣 cho.u.no.ku.ra.i.

數字ー個位數

一	一（いち）	衣漆 i.chi.
二	二（に）	你 ni.
三	三（さん）	撒嗯 sa.n.
四(也念し)	四（よん）	優嗯 yo.n.
五	五（ご）	狗 go.
六	六（ろく）	摟哭 ro.ku.
七(也念なな)	七（しち）	吸漆 shi.chi.
八	八（はち）	哈漆 ha.chi.
九(也念く)	九（きゅう）	Q 一 kyu.u.
零(也可說れい、まる)	ゼロ	賊摟 ze.ro.

數字ー十位數

十	十（じゅう）	居一 ju.u.

十一	じゅういち 十一	居一衣漆 ju.u.i.chi.
二十	にじゅう 二十	你居一 ni.ju.u.
三十	さんじゅう 三十	撒嗯居一 sa.n.ju.u.
四十	よんじゅう 四十	優嗯居一 yo.n.ju.u.
五十	ごじゅう 五十	狗居一 go.ju.u.
六十	ろくじゅう 六十	摟哭居一 ro.ku.ju.u.
七十	ななじゅう 七十	拿拿居一 na.na.ju.u.
八十	はちじゅう 八十	哈漆居一 ha.chi.ju.u.
九十	きゅうじゅう 九十	Q一居一 kyu.u.ju.u.
幾十	なんじゅう 何十	拿嗯居一 na.n.ju.u.

數字－百位數

兩百	にひゃく 二百	你合呀哭 ni.hyo.ku.
三百	さんびゃく 三百	撒嗯逼呀哭 sa.n.bya.ku.

四百	よんひゃく 四百	優嗯合呀哭 yo.n.hya.ku.
五百	ごひゃく 五百	狗合呀哭 go.hya.ku.
六百	ろっぴゃく 六百	摟·披呀哭 ro.ppya.ku.
七百	ななひゃく 七百	拿拿合呀哭 na.na.hya.ku.
八百	はっぴゃく 八百	哈·披呀哭 ha.ppya.ku.
九百	きゅうひゃく 九百	Q一哈呀哭 kyu.u.hya.ku.
一百零一	ひゃくいち 百一	合呀哭衣漆 hya.ku.i.chi.
幾百	なんびゃく 何百	拿嗯逼呀哭 na.n.bya.ku.

數字—千位數

兩千	にせん 二千	你誰嗯 ni.se.n.
三千	さんぜん 三千	撒嗯賊嗯 sa.n.ze.n.
四千	よんせん 四千	優嗯誰嗯 yo.n.se.n.
五千	ごせん 五千	狗誰嗯 go.se.n.

六千	六千(ろくせん)	摟哭誰嗯 ro.ku.se.n.
七千	七千(ななせん)	拿拿誰嗯 na.na.se.n.
八千	八千(はっせん)	哈・誰嗯 ha.sse.n.
九千	九千(きゅうせん)	Q一誰嗯 kyu.u.se.n.
一千五百	千五百(せんごひゃく)	誰嗯狗合呀哭 se.n.go.hya.ku.
幾千	何千(なんぜん)	拿嗯賊嗯 na.n.ze.n.

數量－固有數詞

一個	一つ(ひと)	he 偷此 hi.to.tsu.
二個	二つ(ふた)	夫他此 fu.ta.tsu.
三個	三つ(みっ)	咪・此 mi.ttsu.
四個	四つ(よっ)	優・此 yo.ttsu.
五個	五つ(いつ)	衣此此 i.tsu.tsu.
六個	六つ(むっ)	母・此 mu.ttsu.

七個	七つ（なな）	拿拿此 na.na.tsu.
八個	八つ（やっ）	呀・此 ya.ttsu.
九個	九つ（ここの）	口口 no 此 ko.ko.no.tsu.
十個	十（とお）	偷一 to.o.

數量一單位

個	個（こ）	口 ko.
張	枚（まい）	媽衣 ma.i.
箱子	箱（はこ）	哈口 ha.ko.
本	冊（さつ）	撒此 sa.tsu.
瓶、條、支	本（ほん）	吼嗯 ho.n.
杯	杯（はい）	哈衣 ha.i.
臺	台（だい）	搭衣 da.i.
隻	匹（ひき）	he key hi.ki.

隻(鳥)	羽（わ）	哇 wa.

人數單位

一個人	一人（ひとり）	he 偷哩 hi.to.ri.
兩個人	二人（ふたり）	夫他哩 fu.ta.ri.
三個人	三人（さんにん）	撒嗯你嗯 sa.n.ni.n.
四個人	四人（よにん）	優你嗯 yo.ni.n.
十個人	十人（じゅうにん）	居一你嗯 ju.u.ni.n.
一位	一名（いちめい）	衣漆妹一 i.chi.me.i.
十位	十名（じゅうめい）	居一妹一 ju.u.me.i.
幾個人	何人（なんにん）	拿嗯你嗯 na.n.ni.n.
幾位	何名様（なんめいさま）	拿嗯妹一撒媽 na.n.me.i.sa.ma.

長度單位

長度	長さ（なが）	拿嘎撒 na.ga.sa.

公釐（ミリメートル之簡稱）	ミリ	咪哩 mi.ri.
公分（センチメートル之簡稱）	センチ	誰嗯漆 se.n.chi.
公尺（也可說メーター）	メートル	妹一偷嚕 me.e.to.ru.
公里（也簡稱為キロ）	キロメートル	key 摟妹一偷嚕 ki.ro.me.e.to.ru.
吋	インチ	衣嗯漆 i.n.chi.
幾公分	なん 何センチ	拿嗯誰嗯漆 na.n.se.n.chi.
幾公尺	なん 何メートル	拿嗯妹一偷嚕 na.n.me.e.to.ru.

重量單位

重量	おも 重さ	歐謀撒 o.mo.sa.
公克	グラム	古啦母 gu.ra.mu.
公斤（キログラム之簡稱）	キロ	key 摟 ki.ro.
幾公克	なん 何グラム	拿嗯古啦母 na.n.gu.ra.mu.
幾公斤、幾公里	なん 何キロ	拿嗯 key 摟 na.n.ki.ro.

容量體積單位

毫升	ミリリットル	咪哩哩·偷嚕 mi.ri.ri.tto.ru.
公升	リットル	哩·偷嚕 ri.tto.ru.
立方	立方（りっぽう）	哩·剖一 ri.ppo.u.
面積	面積（めんせき）	妹嗯誰 key me.n.se.ki.
體積	体積（たいせき）	他衣誰 key te.i.se.ki.

順序

順序	順番（じゅんばん）	居嗯巴嗯 ju.n.ba.n..
號碼	番号（ばんごう）	巴嗯狗一 ba.n.go.u.
第～號、第～	～番目（ばんめ）	巴嗯妹 ba.n.me.
一號、第一、最好	一番（いちばん）	衣漆巴嗯 i.chi.ba.n.
第一、首先	第一（だいいち）	搭衣一漆 da.i.i.chi.
最初	最初（さいしょ）	撒衣休 sa.i.sho.

最後	最後（さいご）	撒衣狗 sa.i.go.
一半	半分（はんぶん）	哈嗯捕嗯 ha.n.bu.n.
二分之一	二分の一（にぶんのいち）	你捕嗯 no 衣漆 ni.bu.n.no.i.chi.

程度

非常	ものすごく	謀 no 思狗哭 mo.no.su.go.ku.
很	とても	偷貼謀 to.te.mo.
更	もっと	謀・偷 mo.tto.
不怎麼～（後接否定用法）	あまり	阿媽哩 a.ma.ri.
完全不～（後接否定用法）	ぜんぜん	賊嗯賊嗯 ze.n.ze.n.
只有一點	ちょっとだけ	秋・偷搭開 cho.tto.da.ke.
有一點	すこし	思口吸 su.ko.shi.
多	多い（おおい）	歐一衣 o.o.i.
少	少ない（すくない）	思哭拿衣 su.ku.na.i.

時間日期

時間日期統稱

時間	時間（じかん）	基咖嗯 ji.ka.n.
~時	～とき	偷 key to.ki.
日曆、行事曆	カレンダー	咖勒嗯搭一 ka.re.n.da.a.
日程、行程	日程（にってい）	你．貼一 ni.tte.i.
日期	日付（ひづけ）	he 資開 hi.zu.ke.
天數	日数（にっすう）	你．思一 ni.ssu.u.

時間單位

秒	秒（びょう）	逼優一 byo.u.
分	分（ふん）	夫嗯 fu.n.
~點	～時（じ）	基 ji.
小時	時間（じかん）	基咖嗯 ji.ka.n.

日	にち 日	你漆 ni.chi.
週	しゅう 週	噓一 shu.u.
月	つき 月	此 key tsu.ki.
年	ねん 年	內嗯 ne.n.

日期時間長度

一個星期	いっしゅうかん 一週間	衣・噓一咖嗯 i.sshu.ka.n.
一個月	いっかげつ 一ヶ月	衣・咖給此 i.kka.ge.tsu.
半個月	はんつき 半月	哈嗯此 key ha.n.tsu.ki.
一年	いちねん 一年	衣漆內嗯 i.chi.ne.n.
半年	はんとし 半年	哈嗯偷吸 ha.n.to.shi.
一天	いちにち 一日	衣漆你漆 i.chi.ni.chi.
兩天（的時間）	ふつかかん 二日間	夫此咖咖嗯 fu.tsu.ka.ka.n.
半天	はんにち 半日	哈嗯你漆 ha.n.ni.chi.

時間一年

每年	まいとし 毎年	媽衣偷吸 ma.i.to.shi.
前年	おととし 一昨年	歐偷偷吸 o.to.to.shi.
去年	きょねん 去年	克優內嗯 kyo.ne.n.
今年	ことし 今年	口偷吸 ko.to.shi.
明年	らいねん 来年	啦衣內嗯 ra.i.ne.n.
後年	さらいねん 再来年	撒啦衣內嗯 sa.ra.i.ne.n.

年號

年代	ねんだい 年代	內嗯搭衣 ne.n.da.i.
西曆	せいれき 西暦	誰一勒 key se.i.re.ki.
和曆(日本的年號)	われき 和暦	哇勒 key wa.re.ki.
明治 (1868~1912)	めいじ 明治	妹一基 me.i.ji.
大正 (1912~1926)	たいしょう 大正	偷衣休一 ta.i.sho.u.

昭和 (1926~1989)	しょうわ 昭和	休一哇 sho.u.wa.
平成 (1989~)	へいせい 平成	嘿一誰一 he.i.se.i.

時間 — 月

每個月	まいつき 毎月	媽衣此 key ma.i.tsu.ki.
上個月	せんげつ 先月	誰嗯給此 se.n.ge.tsu.
這個月	こんげつ 今月	口嗯給此 ko.n.ge.tsu.
下個月	らいげつ 来月	啦衣給此 ra.i.ge.tsu.
上旬	しょじゅん 初旬	休居嗯 sho.ju.n.
中旬	ちゅうじゅん 中旬	去一居嗯 chu.u.ju.n.
下旬	げじゅん 下旬	給居嗯 ge.ju.n.

月份

正月、國曆春節	しょうがつ 正月	休一嘎此 sho.u.ga.tsu.
一月	いちがつ 一月	衣漆嘎此 i.chi.ga.tsu.

二月	にがつ 二月	你嘎此 ni.ga.tsu.
三月	さんがつ 三月	撒嗯嘎此 sa.n. ga.tsu.
四月	しがつ 四月	吸嘎此 shi.ga.tsu.
五月	ごがつ 五月	狗嘎此 go.ga.tsu.
六月	ろくがつ 六月	摟哭嘎此 ro.ku.ga.tsu.
七月	しちがつ 七月	吸漆嘎此 shi.chi.ga.tsu.
八月	はちがつ 八月	哈漆嘎此 ha.chi.ga.tsu.
九月	くがつ 九月	哭嘎此 ku.ga.tsu.
十月	じゅうがつ 十月	居一嘎此 ju.u.ga.tsu.
十一月	じゅういちがつ 十一月	居一衣漆嘎此 ju.u.i.chi.ga.tsu.
十二月	じゅうにがつ 十二月	居一你嘎此 ju.u.ni.ji.ga.tsu.

今明昨天

每天	まいにち 毎日	媽衣你漆 ma.i.ni.chi.

前天	おととい 一昨日	歐偷偷衣 o.to.to.i.
昨天	きのう 昨日	key no ー ki.no.u.
今天	きょう 今日	克優ー kyo.u.
明天	あした 明日	阿吸他 a.shi.ta.
後天	あさって	阿撒・貼 a.ssa.te.
次日、隔天	つぎ　ひ 次の日	此個衣 no he tsu.gi.no.hi.

日期

一日	ついたち 一日	此衣他漆 tsu.i.ta.chi.
二日	ふつか 二日	夫此咖 fu.tsu.ka.
三日	みっか 三日	咪・咖 mi.kka.
四日	よっか 四日	優・咖 yo.kka.
五日	いつか 五日	衣此咖 i.tsu.ka.
六日	むいか 六日	母衣咖 mu.i.ka.

七日	なのか 七日	拿 no 咖 na.no.ka.
八日	ようか 八日	優一咖 yo.u.ka.
九日	ここのか 九日	口口 no 咖 ko.ko.no.ka.
十日	とおか 十日	偷一咖 to.o.ka.
十一日	じゅういちにち 十一日	居一衣漆你漆 ju.u.i.chi.ni.chi.
十二日	じゅうににち 十二日	居一你你漆 ju.u.ni.ni.chi.
十三日	じゅうさんにち 十三日	居一撒嗯你漆 ju.u.sa.n.ni.chi.
十四日	じゅうよっか 十四日	居一優・咖 ju.u.yo.kka.
十五日	じゅうごにち 十五日	居一狗你漆 ju.u.go.ni.chi.
十六日	じゅうろくにち 十六日	居一摟哭你漆 ju.u.ro.ku.ni.chi.
十七日	じゅうしちにち 十七日	居一吸漆你漆 ju.u.shi.chi.ni.chi.
十八日	じゅうはちにち 十八日	居一哈漆你漆 ju.u.ha.chi.ni.chi.
十九日	じゅうくにち 十九日	居一哭你漆 ju.u.ku.ni.chi.

二十日	はつか 二十日	哈此咖 ha.tsu.ka.
二十一日	にじゅういちにち 二十一日	你居一你漆你漆 ni.ju.u.i.chi.ni.chi.
二十二日	にじゅうににち 二十二日	你居一你你漆 ni.ju.u.ni.ni.chi.
二十三日	にじゅうさんにち 二十三日	你居一撒嗯你漆 ni.ju.u.sa.n.ni.chi.
二十四日	にじゅうよっか 二十四日	你居一優・咖 ni.ju.u.yo.kka.
二十五日	にじゅうごにち 二十五日	你居一狗你漆 ni.ju.u.go.ni.chi.
二十六日	にじゅうろくにち 二十六日	你居一摟哭你漆 ni.ju.u.ro.ku.ni.chi.
二十七日	にじゅうしちにち 二十七日	你居一吸漆你漆 ni.ju.u.shi.chi.ni.chi.
二十八日	にじゅうはちにち 二十八日	你居一哈漆你漆 ni.ju.u.ha.chi.ni.chi.
二十九日	にじゅうくにち 二十九日	你居一哭你漆 ni.ju.u.ku.ni.chi.
三十日	さんじゅうにち 三十日	撒嗯居一你漆 sa.n.ju.u.ni.chi.
三十一日	さんじゅういちにち 三十一日	撒嗯居一衣漆你漆 sa.n.ju.u.i.chi.ni.chi.

星期

每週	まいしゅう 毎週	媽衣噓一 ma.i.shu.u.
上週	せんしゅう 先週	誰嗯噓一 se.n.shu.u.
本週	こんしゅう 今週	口嗯噓一 ko.n.shu.u.
下週	らいしゅう 来週	啦衣噓一 ra.i.shu.u.
星期日	にちようび 日曜日	你漆優一逼 ni.chi.yo.u.bi.
星期一	げつようび 月曜日	給此優一逼 ge.tsu.yo.u.bi.
星期二	かようび 火曜日	咖優一逼 ka.yo.u.bi.
星期三	すいようび 水曜日	思衣優一逼 su.i.yo.u.bi.
星期四	もくようび 木曜日	謀哭優一逼 mo.ku.yo.u.bi.
星期五	きんようび 金曜日	key 嗯優一逼 ki.n.yo.u.bi.
星期六	どようび 土曜日	兜優一逼 do.yo.u.bi.
週末	しゅうまつ 週末	噓一媽此 shu.u.ma.tsu.
週末	どにち 土日	兜你漆 do.ni.chi.

時間ー小時

幾點	何時（なんじ）	拿嗯基 na.n.ji.
一點	一時（いちじ）	衣漆基 i.chi.ji.
兩點	二時（にじ）	你基 ni.ji.
三點	三時（さんじ）	撒嗯基 sa.n.ji.
四點	四時（よじ）	優基 yo.ji.
五點	五時（ごじ）	狗基 go.ji.
六點	六時（ろくじ）	摟哭基 ro.ku.ji.
七點	七時（しちじ）	吸漆基 shi.chi.ji.
八點	八時（はちじ）	哈漆基 ha.chi.ji.
九點	九時（くじ）	哭基 ku.ji.
十點	十時（じゅうじ）	居一基 ju.u.ji.
十一點	十一時（じゅういちじ）	居一衣漆基 ju.u.i.chi.ji.

十二點	じゅうにじ 十二時	居一你基 ju.u.ni.ji.
一個半小時	いちじかんはん 一時間半	衣漆基咖嗯哈嗯 i.chi.ji.ka.n.ha.n.
一點半	いちじはん 一時半	衣漆基哈嗯 i.chi.ji.ha.n.

時間一分鐘

幾分	なんぷん 何分	拿嗯撲嗯 na.n.pu.n.
五分鐘前	ごふんまえ 五分前	狗夫嗯媽せ go.fu.n.ma.e.
十分鐘後	じっぷんご 十分後	基・撲嗯狗 ji.ppu.n.go.
一分	いっぷん 一分	衣・撲嗯 i.ppu.n.
兩分	にふん 二分	你夫嗯 ni.fu.n.
三分	さんぷん 三分	撒嗯撲嗯 sa.n.pu.n.
四分	よんぷん 四分	優嗯撲嗯 yo.n.pu.n.
五分	ごふん 五分	狗夫嗯 fo.fu.n.
六分	ろっぷん 六分	摟・撲嗯 ro.ppu.n.

七分	ななふん 七分	拿拿夫嗯 na.na.fu.n.
八分	はっぷん 八分	哈·撲嗯 ha.ppu.n.
九分	きゅうふん 九分	Q 一夫嗯 kyu.u.fu.n.
十分(也可念成じゅっぷん)	じっぷん 十分	基·撲嗯 ji.ppu.n.
二十分	にじっぷん 二十分	你基·撲嗯 ni.ji.ppu.n.
三十分	さんじっぷん 三十分	撒嗯基·撲嗯 sa.n.ji.ppu.n.
四十分	よんじっぷん 四十分	優嗯基·撲嗯 yo.n.ji.ppu.n.
五十分	ごじっぷん 五十分	狗基·撲嗯 go.ji.ppu.n.

早午晚

上午	ごぜん 午前	狗賊嗯 go.ze.n.
下午	ごご 午後	狗狗 go.go.
早上	あさ 朝	阿撒 a.sa.
白天	ひる 昼	he 嚕 hi.ru.

晚上	夜（よる）	優嚕 yo.ru.
深夜	夜中（よなか）	優拿咖 yo.na.ka.
傍晚	夕方（ゆうがた）	瘀一嘎他 yu.u.ga.ta.
今天早上	今朝（けさ）	開撒 ke.sa.
今天晚上	今晩（こんばん）	口嗯巴嗯 ko.n.ba.n.
昨天晚上	昨夜（ゆうべ）	瘀一背 yu.u.be.
一整天中、終日	一日中（いちにちじゅう）	衣漆你漆居一 i.chi.ni.chi.ju.u.

假日

國定假日	祝日（しゅくじつ）	噓哭基此 shu.ku.ji.tsu.
休假、假日	休み（やすみ）	呀思咪 ya.su.mi.
黃金週 (GW)	ゴールデンウィーク	狗一嚕爹嗯 we 一哭 go.o.ru.de.n.u.i.i.ku.
盂盂蘭節、中元	お盆（ぼん）	歐玻嗯 o.bo.n.
過年	お正月（しょうがつ）	歐休一嘎此 o.sho.u.ga.tsu.

聖誕節	クリスマス	哭哩思媽思 ku.ri.su.ma.su.
情人節	バレンタインデー	巴勒嗯他衣嗯爹ー ba.re.n.ta.i.n.de.e.
兒童節	こどもの日（ひ）	口兜謀 no he ko.do.mo.no.hi.
女兒節	ひな祭（まつ）り	he 拿媽此哩 hi.na.ma.tsu.ri.
七夕	七夕（たなばた）	他拿巴他 ta.na.ba.ta.

時間序列

初期	初期（しょき）	休 key sho.ki.
中期	中期（ちゅうき）	去ー key chu.u.ki.
後期	後期（こうき）	口ー key ko.u.ki.
之前	以前（いぜん）	衣賊嗯 i.ze.n.
之後、以來	以降（いこう）	衣口ー i.ko.u.
以來	以来（いらい）	衣啦衣 i.ra.i.
開始、起初	始（はじ）まり	哈基媽哩 ha.ji.ma.ri.

結束、結尾	お 終わり	歐哇哩 o.wa.ri.
起初	さいしょ 最初	撒衣休 sa.i.sho.
最後	さいご 最後	撒衣狗 sa.i.go.
前半	ぜんはん 前半	賊嗯哈嗯 ze.n.ha.n.
後半	こうはん 後半	口一哈嗯 ko.u.ha.n.
期間、之間	あいだ	阿衣搭 a.i.da.
以前	むかし 昔	母咖吸 mu.ka.shi.
現在	いま 今	衣媽 i.ma.
將來	しょうらい 将来	休一啦衣 sho.u.ra.i.
一瞬間	しゅんかん 瞬間	嘘嗯咖嗯 shu.n.ka.n.
永遠	えいえん 永遠	せ一せ嗯 e.i.e.n.
剛才(也可說さき、さっき)	さき 先ほど	撒 key 吼兜 sa.ki.ho.do.
剛才(表示剛結束)	いま たった今	他．他衣媽 ta.tta.i.ma.

空間位置

空間

空間	空間（くうかん）	哭一咖嗯 ku.u.ka.n.
水平	水平（すいへい）	思衣嘿一 su.i.he.i.
垂直	垂直（すいちょく）	思衣秋哭 su.i.cho.ku.
側、邊	～側（がわ）	嘎哇 ga.wa.

相對位置

室外	室外（しつがい）	吸此嘎衣 shi.tsu.ga.i.
室內	室内（しつない）	吸此拿衣 shi.tsu.na.i.
上	上（うえ）	烏せ u.e.
下	下（した）	吸他 shi.ta.
左	左（ひだり）	he 搭哩 hi.da.ri.
右	右（みぎ）	咪個衣 mi.gi.

前	前（まえ）	媽せ ma.e.
後	後ろ（うしろ）	烏吸摟 u.shi.ro.
旁邊（也可說そば）	横（よこ）	優口 yo.ko.
隔壁、旁邊	隣（となり）	偷拿哩 to.na.ri.
底部	底（そこ）	搜口 so.ko.
中間、裡面	中（なか）	拿咖 na.ka.
裡	内（うち）	烏漆 u.chi.
外	外（そと）	搜偷 so.to.
表面、正面	表（おもて）	歐謀貼 o.mo.te.
背面、後面	裏（うら）	烏啦 u.ra.
正中間	真ん中（まんなか）	媽嗯拿咖 ma.n.na.ka.

方向

方向	方向（ほうこう）	吼一口一 ho.u.ko.u.

東	ひがし 東	he 嘿吸 hi.ga.shi.
西	にし 西	你吸 ni.shi.
南	みなみ 南	咪拿咪 mi.na.mi.
北	きた 北	key 他 ki.ta.
東西南北	とうざいなんぼく 東西南北	偷一紮衣拿嗯玻哭 to.u.za.i.na.n.bo.ku.
東北	ほくとう 北東	吼哭偷一 ho.ku.to.u.
東南	なんとう 南東	拿嗯偷一 na.n.to.u.
西北	ほくせい 北西	吼哭誰一 ho.ku.se.i.
西南	なんせい 南西	拿嗯誰一 na.n.se.i.
東部	とうぶ 東部	偷一捕 to.u.bu.
西部	せいぶ 西部	誰一捕 se.i.bu.
南部	なんぶ 南部	拿嗯捕 na.n.bu.
北部	ほくぶ 北部	吼哭捕 ho.ku.bu.

顏色形狀

形狀

形狀	形（かたち）	咖他漆 ka.ta.chi.
點	点（てん）	貼嗯 te.n.
線	線（せん）	誰嗯 se.n.
長（也可說長さ（ながさ））	縦（たて）	他爹 ta.te.
寬（也可說幅（はば））	横（よこ）	優口 yo.ko.
圓的	丸い（まるい）	媽嚕衣 ma.ru.i.
四方的	四角い（しかくい）	吸咖哭衣 shi.ka.ku.i.
長的	長い（ながい）	拿嘎衣 na.ga.i.
短的	短い（みじかい）	咪基咖衣 mi.ji.ka.i.
厚的	厚い（あつい）	阿此衣 a.tsu.i.
薄的	薄い（うすい）	烏思衣 u.su.i.

大的	大きい（おお）	歐ー key ー o.o.ki.i.
小的	小さい（ちい）	漆ー撒衣 chi.i.sa.i.
粗的	太い（ふと）	夫偷衣 fu.to.i.
細的	細い（ほそ）	吼搜衣 ho.so.i.

常見顏色

色彩	色（いろ）	衣摟 i.ro.
無色	無色（むしょく）	母休哭 mu.sho.ku.
透明	透明（とうめい）	偷ー妹ー to.u.me.i.
白色（也可說ホワイト）	白（しろ）	吸摟 shi.ro.
象牙白	アイボリー	阿衣玻哩ー a.i.bo.ri.i.
黑色（也可說ブラック）	黒（くろ）	哭摟 ku.ro.
灰色（也可說灰色（はいいろ））	グレー	古勒ー gu.re.e.
銀白色（也可說シルバー）	銀色（ぎんいろ）	個衣嗯衣摟 gi.n.i.ro.

金色(也可說ゴールド)	金色(きんいろ)	key 嗯衣摟 ki.n.i.ro.

顏色－黃綠

綠色(也可說グリーン)	緑(みどり)	咪兜哩 mi.do.ri.
薄荷色	ミント色(いろ)	咪嗯偷衣摟 mi.n.to.i.ro.
軍綠色	カーキ	咖一 key ka.a.ki.
茶色	茶色(ちゃいろ)	掐衣摟 cha.i.ro.
棕色	ブラウン	捕啦烏嗯 bu.ra.u.n.
黃色(也可說イエロー)	黄色(きいろ)	key 一摟 ki.i.ro.
橘色	オレンジ	歐勒嗯基 o.re.n.ji.
駝色、卡其色	ベージュ	背一居 be.e.ju.

顏色－藍紅紫

紅色(也可說レッド)	赤(あか)	阿咖 a.ka.
大紅色	真(ま)っ赤(か)	媽・咖 ma.kka.

粉紅色	ピンク	披嗯哭 pi.n.ku.
紫色(也可說パープル)	紫（むらさき）	母啦撒 key mu.ra.sa.ki.
藍色(也可說ブルー)	青（あお）	阿歐 a.o.
深藍色	紺（こん）	口嗯 ko.n.
海軍藍	ネイビー	內一逼一 ne.i.bi.i.
淺藍色	水色（みずいろ）	咪資衣摟 mi.zu.i.ro.

濃淡

濃的	濃（こ）い	口衣 ko.i.
淡的、不厚重的	薄（うす）い	烏思衣 u.su.i.
淺的、淡的	淡（あわ）い	阿哇衣 a.wa.i.
鮮艷的	鮮（あざ）やか	阿紮呀咖 a.za.ya.ka.
亮色	明（あか）るい色（いろ）	阿咖嚕衣一摟 a.ka.u.i.i.ro.
暗色	暗（くら）い色（いろ）	哭啦衣一摟 ku.ra.i.i.ro.

彩度低的、褪掉的顏色	くすんだ色(いろ)	哭思嗯搭衣摟 ku.su.n.da.i.ro.

花樣

花樣、花紋	柄(がら)	嘎啦 ga.ra.
樣式、圖案	模様(もよう)	謀優一 mo.yo.u.
無花紋、素色	無地(むじ)	母基 mu.ji.
條紋樣式	縞模様(しまもよう)	吸媽謀優一 shi.ma.mo.yo.u.
直條	ストライプ	思偷啦衣撲 su.to.ra.i.pu.
橫條	ボーダー	玻一搭一 bo.o.da.a.
花紋	花模様(はなもよう)	哈拿謀優一 ha.na.mo.yo.u.
圓點	水玉(みずたま)	咪資他媽 mi.zu.ta.ma.
格子	チェック	切．哭 che.kku.
迷彩（也可說カモフラ）	迷彩柄(めいさいがら)	妹一撒衣嘎啦 me.i.sa.i.ga.ra.
豹紋	ヒョウ柄(がら)	合優一嘎啦 hyo.u.ga.ra.

氣候季節

季節

季節	きせつ 季節	key 誰此 ki.se.tsu.
四季	しき 四季	吸 key shi.ki.
春	はる 春	哈嚕 ha.ru.
夏	なつ 夏	拿此 na.tsu.
秋	あき 秋	阿 key a.ki.
冬	ふゆ 冬	夫瘀 fu.yu.
盛夏	まなつ 真夏	媽拿此 ma.na.tsu.
嚴冬、冬天最冷時	まふゆ 真冬	媽夫瘀 ma.fu.yu.

氣象相關

天氣	てんき 天気	貼嗯 key te.n.ki.
晴朗	は 晴れ	哈勒 ha.re.

多雲	曇り（くもり）	哭謀哩 ku.mo.ri.
雪	雪（ゆき）	瘀 key yu.ki.
雨天	雨（あめ）	阿妹 a.me.
豪雨	豪雨（ごうう）	狗一烏 go.u.u.
風	風（かぜ）	咖賊 ka.ze.
微風	そよ風（かぜ）	搜優咖賊 so.yo.ka.ze.
雲	雲（くも）	哭謀 ku.mo.
霧	霧（きり）	key 哩 ki.ri.
冰雹	ひょう	合優一 hyo.u.
雷	雷（かみなり）	咖咪拿哩 ka.mi.na.ri.
閃電	稲妻（いなずま）	衣拿資媽 i.na.zu.ma.
彩虹	虹（にじ）	你基 ni.ji.
氣象預報	天気予報（てんきよほう）	貼嗯 key 優吼一 te.n.ki.yo.ho.u.

警報	注意報（ちゅういほう）	去一衣吼一 chu.u.i.ho.u.
紫外線	紫外線（しがいせん）	吸嘎衣誰嗯 shi.ga.i.se.n.
日照、陽光	日差し（ひざし）	he 紮吸 hi.za.shi.
降雨機率	降水確率（こうすいかくりつ）	口一思衣咖哭哩此 ko.u.su.i.ka.ku.ri.tsu.
風速	風速（ふうそく）	夫一搜哭 fu.u.so.ku.

氣候

熱帶	熱帯（ねったい）	內・他衣 ne.tta.i.
亞熱帶	亜熱帯（あねったい）	阿內・他衣 a.ne.tta.i.
溫帶	温帯（おんたい）	歐嗯他衣 o.n.ta.i.
寒帶	寒帯（かんたい）	咖嗯他衣 ka.n.ta.i.

氣溫濕度

氣溫	気温（きおん）	key 歐嗯 ki.o.n.
濕度	湿度（しつど）	吸此兜 shi.tsu.do.

寒冷的	寒い（さむ）	撒母衣 sa.mu.i.
炎熱的	暑い（あつ）	阿此衣 a.tsu.i.
暖和的	暖かい（あたた）	阿他他咖衣 a.ta.ta.ka.i.
涼爽的	涼しい（すず）	思資吸一 su.zu.shi.i.
不通風的、悶熱的	蒸し暑い（む　あつ）	母吸阿此衣 mu.shi.a.tsu.i.
乾燥的	乾燥（かんそう）	咖嗯搜一 ka.n.so.u.
濕氣	湿気（しっけ）	吸・開 shi.kke.
潮濕	湿気の多い（しっけ　おお）	吸・開 no 歐一衣 shi.kke.no.o.o.i.

特殊氣候

櫻花開花預測線	桜前線（さくらぜんせん）	撒哭啦賊嗯誰嗯 sa.ku.ra.ze.n.se.n.
梅雨預測線	梅雨前線（ばいうぜんせん）	巴衣烏賊嗯誰嗯 ba.i.u.ze.n.se.n.
梅雨	梅雨（つゆ）	此瘀 tsu.yu.
當年第一場雪	初雪（はつゆき）	哈此瘀 key ha.tsu.yu.ki.

大自然

宇宙天文

宇宙	宇宙（うちゅう）	烏去一 u.chu.u.
天空	空（そら）	搜啦 so.ra.
星象	天体（てんたい）	貼嗯他衣 te.n.ta.i.
望遠鏡（也可說双眼鏡（そうがんきょう））	望遠鏡（ぼうえんきょう）	玻一せ嗯克優一 bo.u.e.n.kyo.u.
星象儀	プラネタリウム	撲啦內他哩烏母 pu.ra.ne.ta.ri.u.mu.
月亮	月（つき）	此 key tsu.ki.
太陽	太陽（たいよう）	他衣優一 ta.i.yo.u.
地球	地球（ちきゅう）	漆 Q 一 chi.kyu.u.
星星	星（ほし）	吼吸 ho.shi.
銀河（也可說ギャラクシー）	銀河（ぎんが）	個衣嗯嘎 gi.n.ga.
日蝕	日食（にっしょく）	你・休哭 ni.ssho.ku.

月蝕	月食（げっしょく）	給・休哭 ge.ssho.ku.
行星	惑星（わくせい）	哇哭誰一 wa.ku.se.i.
慧星	彗星（すいせい）	思衣誰一 su.i.se.i.
恆星	恒星（こうせい）	口一誰一 ko.u.se.i.
流星(也可說ながれぼし)	流星（りゅうせい）	驢一誰一 ryu.u.se.i.
火箭	ロケット	摟開・偷 ro.ke.tto.
人工衛星	人工衛星（じんこうえいせい）	基嗯口一せ一誰一 ji.n.ko.u.e.i.se.i.
太空人	宇宙飛行士（うちゅうひこうし）	烏去一 he 口一吸 u.chu.u.hi.ko.u.shi.
太空船	スペースシャトル	思呸一思瞎偷嚕 su.pe.e.su.sha.to.ru.
外星人	宇宙人（うちゅうじん）	烏去一基嗯 u.chu.u.ji.n.

地形

地形	地形（ちけい）	漆開一 chi.ke.i.
山	山（やま）	呀媽 ya.ma.

森林	森（もり）	謀哩 mo.ri.
海	海（うみ）	烏咪 u.mi.
河、川	かわ	咖哇 ka.wa.
湖	湖（みずうみ）	咪資烏咪 mi.zu.u.mi.
島	島（しま）	吸媽 shi.ma.
沙漠	砂漠（さばく）	撒巴哭 sa.ba.ku.
峽谷	峡谷（きょうこく）	克優一口哭 kyo.u.ko.ku.
沙丘	砂丘（さきゅう）	撒Q一 sa.kyu.u.
瀑布	滝（たき）	他 key ta.ki.

天然資源

資源	資源（しげん）	吸給嗯 shi.ge.n.
能源	エネルギー	せ內嚕個衣一 e.ne.ru.gi.i.
礦物	鉱物（こうぶつ）	口一捕此 ko.u.bu.tsu.

金屬	金属（きんぞく）	key 嗯走哭 ki.n.zo.ku.
鋼鐵	鋼鉄（こうてつ）	ㄎㄧ貼此 ko.u.te.tsu.
燃料	燃料（ねんりょう）	內嗯溜ㄧ ne.n.ryo.u.
石油	石油（せきゆ）	誰 key 瘀 se.ki.yu.
炭	炭（すみ）	思咪 su.mi.

環保

自然	自然（しぜん）	吸賊嗯 shi.ze.n.
環境	環境（かんきょう）	咖嗯克優ㄧ ka.n.kyo.u.
環保	エコ	ㄝㄎ e.ko.
環境問題	環境問題（かんきょうもんだい）	咖嗯克優ㄧ謀嗯搭衣 ka.n.kyo.u.mo.n.da.i.
回收	リサイクル	哩撒衣哭嚕 ri.sa.i.ku.ru.
垃圾分類	ゴミ分別（ぶんべつ）	狗咪捕嗯背此 go.mi.bu.n.be.tsu.
節能	省（しょう）エネ	休ㄧㄝ內 sho.u.e.ne.

天災

災難	災難（さいなん）	撒衣拿嗯 sa.i.na.n.
火山爆發	噴火（ふんか）	夫嗯咖 fu.n.ka.
旱災	干ばつ（かん）	咖嗯巴此 ka.n.ba.tsu.
地震	地震（じしん）	基吸嗯 ji.shi.n.
山崩	山崩れ（やまくず）	呀媽哭資勒 ya.ma.ku.zu.re.
海嘯	つなみ	此拿咪 tsu.na.mi.
龍捲風	たつまき	他此媽 key ta.tsu.ma.ki.
颱風	台風（たいふう）	他衣夫一 ta.i.fu.u.
颶風	ハリケーン	哈哩開一嗯 ha.ri.ke.e.n.
洪水	洪水（こうずい）	口一資衣 ko.u.zu.i.
暴風雨	あらし	阿啦吸 a.ra.shi.
雪崩	雪崩（なだれ）	拿搭勒 na.da.re.

動物

常見動物

動物	動物（どうぶつ）	兜一捕此 do.u.bu.tsu.
雌性	メス	妹思 me.su.
雄性	オス	歐思 o.su.
貓	猫（ねこ）	內口 ne.ko.
狗	犬（いぬ）	衣奴 i.nu.
兔子	うさぎ	烏撒個衣 u.sa.gi.
綿羊	羊（ひつじ）	he 此基 hi.tsu.ji.
山羊	やぎ	呀個衣 ya.gi.
牛	牛（うし）	烏吸 u.shi.
馬	馬（うま）	烏媽 u.ma.
豬	豚（ぶた）	捕他 bu.ta.

虎	虎(とら)	偷啦 to.ra.
獅子	ライオン	啦衣歐嗯 ra.i.o.n.
熊	くま	哭媽 ku.ma.
象	象(ぞう)	走一 zo.u.
猴子	猿(さる)	撒嚕 sa.ru.
老鼠	ネズミ	內資咪 ne.zu.mi.
倉鼠	ハムスター	哈母思他一 ha.mu.su.ta.a.
鹿	鹿(しか)	吸咖 shi.ka.
長頸鹿	キリン	key 哩嗯 ki.ri.n.
羊駝	アルパカ	阿嚕趴咖 a.ru.pa.ka.

海洋動物

海豚	イルカ	衣嚕咖 i.ru.ka.
海馬	タツノオトシゴ	他此 no 歐偷吸狗 ta.tsu.no.o.to.shi.ko.

海豹	アザラシ	阿紮啦吸 a.za.ra.shi.
海象	せいうち	誰一烏淶 se.i.u.chi.
海星	ひとで	he 偷爹 hi.to.de.
水母	くらげ	哭啦給 ku.ra.ge.

魚類

魚	魚（さかな）	撒咖拿 sa.ka.na.
熱帶魚	熱帯魚（ねったいぎょ）	內・他衣哥優 ne.tta.i.gyo.
鯨魚	クジラ	哭基啦 ku.ji.ra.
鯊魚	サメ	撒妹 sa.me.
金魚	金魚（きんぎょ）	key 嗯哥優 ki.n.gyo.
鯉魚	鯉（こい）	口衣 ko.i.
魟魚	エイ	せ一 e.i.
旗魚	カジキ	咖基 key ka.ji.ki.

貝類甲殼類

貝類	貝（かい）	咖衣 ka.i.
花蛤	アサリ	阿撒哩 a.sa.ri.
蜆	シジミ	吸基咪 shi.ji.mi.
蛤蜊、文蛤	はまぐり	哈媽古哩 ha.ma.gu.ri.
帆立貝	ホタテ	吼他貼 ho.ta.te.
鮑魚	アワビ	阿哇逼 a.wa.bi.
牡蠣	牡蠣（かき）	咖 key ka.ki.
蝦子	エビ	せ逼 e.bi.
蟹	カニ	咖你 ka.ni.
龍蝦	ロブスター	摟捕思他一 ro.bu.su.ta.a.
花枝	イカ	衣咖 i.ka.
章魚	タコ	他口 ta.ko.

爬蟲類兩生類

蛙	カエル	咖せ嚕 ka.e.ru.
蝌蚪	おたまじゃくし	歐他媽加哭吸 o.ta.ma.ja.ku.shi.
龜	亀（かめ）	咖妹 ka.me.
鱉	すっぽん	思・剖嗯 su.ppo.n.
變色龍	カメレオン	咖妹勒歐嗯 ka.me.re.o.n.
蜥蜴	トカゲ	偷咖給 to.ka.ge.
蛇	蛇（へび）	嘿逼 he.bi.

鳥類

鳥	鳥（とり）	偷哩 to.ri.
雞	ニワトリ	你哇偷哩 ni.wa.to.ri.
小雞	ひよこ	he 優口 hi.yo.ko.
鵪鶉	うずら	烏資啦 u.zu.ra.

烏鴉	カラス	咖啦思 ka.ra.su.
野鴨	鴨（かも）	咖謀 ka.mo.
家鴨	アヒル	阿 he 嚕 a.hi.ru.
鷹	タカ	他咖 ta.ka.
鷲	ワシ	哇吸 wa.shi.
天鵝	白鳥（はくちょう）	哈哭秋一 ha.ku.cho.u.
鶴	つる	此嚕 tsu.ru.
鴿子	はと	哈偷 ha.to.
企鵝	ペンギン	呸嗯個衣嗯 pe.n.gi.n.

昆蟲

蟲	虫（むし）	母吸 mu.shi.
毛毛蟲	毛虫（けむし）	開母吸 ke.mu.shi.
蝴蝶	蝶（ちょう）	秋一 cho.u.

螞蟻	蟻（あり）	阿哩 a.ri.
蜜峰	蜂（はち）	哈漆 ha.chi.
蚊子	蚊（か）	咖 ka.
蒼蠅	ハエ	哈せ ha.e.
瓢蟲	てんとう虫（むし）	貼嗯偷一母吸 te.n.to.u.mu.shi.
蜻蜓	とんぼ	偷嗯玻 to.n.bo.
獨角仙	カブトムシ	咖捕偷母吸 ka.bu.to.mu.shi.
鍬形蟲	鍬形虫（くわがたむし）	哭哇嘎他母吸 ku.wa.ga.ta.mu.shi.
蜘蛛	クモ	哭謀 ku.mo.
蟑螂	ゴキブリ	狗 key 捕哩 go.ki.bu.ri.

寵物相關

寵物	ペット	呸・偷 pe.tto.
野生	野生（やせい）	呀誰一 ya.se.i.

野貓	野良猫（のらねこ）	no 啦內口 no.ra.ne.ko.
野狗	野良犬（のらいぬ）	no 啦衣奴 no.ra.i.nu.
飼養～	～を飼う（か）	喔咖烏 o.ka.u.
飼料、餌	餌（えさ）	せ撒 e.sa.
毛色	毛並み（けな）	開拿咪 ke.na.mi.
翅膀	つばさ	此巴撒 tsu.ba.sa.
羽毛、翅膀	はね	哈內 ha.ne.
尾巴	しっぽ	吸．剖 shi.ppo.
肉球	肉球（にくきゅう）	你哭 Q 一 ni.ku.kyu.u.
蛹	さなぎ	撒拿個衣 sa.na.gi.
幼蟲	幼虫（ようちゅう）	優一去一 yo.u.chu.u.
羽化	羽化（うか）	烏咖 u.ka.
脫皮	脱皮（だっぴ）	搭．披 da.ppi.

鱗	うろこ	烏摟口 u.ro.ko.
巢	巣（す）	思 su.
獸醫	獣医（じゅうい）	居一衣 ju.u.i.

動物叫聲

(動物)叫	鳴（な）く	拿哭 na.ku.
(狗、狼等)叫、嚎	吠（ほ）える	吼せ嚕 ho.e.ru.
狗叫聲	ワンワン	哇嗯哇嗯 wa.n.wa.n.
小狗叫聲	キャンキャン	克呀嗯克呀嗯 kya.n.kya.n.
貓叫聲	ニャーニャー	娘一娘一 nya.a.nya.a.
牛叫聲	モー	謀一 mo.o.
馬叫聲	ヒヒーン	hehe 一嗯 hi.hi.i.n.
蛙鳴聲	ケロケロ	開摟開摟 ke.ro.ke.ro.
鳥叫聲	チュンチュン	去嗯去嗯 chu.n.chu.n.

鴨叫聲	ガーガー	嘎一嘎一 ga.a.ga.a.
雞叫聲	コケコッコー	口開口・口一 ko.ke.ko.kko.o.
小雞叫聲	ピヨピヨ	披優披優 pi.yo.pi.yo.
豬叫聲	ブーブー	捕一捕一 bu.u.bu.u.

動物動作

撲向	飛(と)びつく	偷逼此哭 to.bi.tsu.ku.
撒嬌	甘(あま)える	阿媽せ嚕 a.ma.e.ru.
咬	噛(か)む	咖母 ka.mu.
在來回地上爬	はい回(まわ)る	哈衣媽哇嚕 ha.i.ma.wa.ru.
飛	飛(と)ぶ	偷捕 to.bu.
訓練、管教	しつける	吸此開嚕 shi.tsu.ke.ru.
(對動物說)握手	お手(て)	歐貼 o.te.
(對動物說)坐下	お座(すわ)り	歐思哇哩 o.su.wa.ri.

植物

植物

植物	しょくぶつ 植物	休哭捕此 sho.ku.bu.tsu.
農作物	さくもつ 作物	撒哭謀此 sa.ku.mo.tsu.
觀葉植物	かんようしょくぶつ 観葉植物	咖嗯優一休哭捕此． ka.n.yo.u.sho.kku.bu.tsu
盆栽	ぼんさい 盆栽	玻嗯撒衣 bo.n.sa.i.
花瓶	かびん 花瓶	咖逼嗯 ka.bi.n.
插花、花藝	い　はな 生け花	衣開巴拿 i.ke.ba.na.
花田	はなばたけ 花畑	哈拿巴他開 ha.na.ba.ta.ke.
園藝	ガーデニング	嘎一爹你嗯古 ga.a.de.ni.n.gu.
家庭菜園	かていさいえん 家庭菜園	咖貼一撒衣せ嗯 ka.te.i.sa.i.e.n.
種植	う ～を植える	喔烏せ嚕 o.u.e.ru.
對～澆水	みず ～に水をやる	你咪資喔呀嚕 ni.mi.zu.o.ya.ru.

樹木

樹、木	木（き）	key ki.
杉樹	杉（すぎ）	思個衣 su.gi.
松	松（まつ）	媽此 ma.tsu.
竹	竹（たけ）	他開 ta.ke.
櫻花	さくら	撒哭啦 sa.ku.ra.
楓	楓（かえで）	咖せ爹 ka.e.de.
柳樹	柳（やなぎ）	呀拿個衣 ya.na.gi.
銀杏	イチョウ	衣秋一 i.cho.u.
椰子樹	ヤシ	呀吸 ya.shi.
梅樹、梅	梅（うめ）	烏妹 u.me.

花草

草	草（くさ）	哭撒 ku.sa.

雜草	雑草（ざっそう）	紮・搜一 za.sso.u.
草皮	芝生（しばふ）	吸巴夫 si.ba.fu.
花	花（はな）	哈拿 ha.na.
薰衣草	ラベンダー	啦背嗯搭一 ra.be.n.da.a.
玫瑰	バラ	巴啦 ba.ra.
山茶花	椿（つばき）	此巴 key tsu.ba.ki.
菊花	菊（きく）	key 哭 ki.ku.
蘭花	蘭（らん）	啦嗯 ra.n.
牽牛花	朝顔（あさがお）	阿撒嘎歐 a.sa.ga.o.
百合	百合（ゆり）	瘀哩 yu.ri.
木槿	むくげ	母哭給 mu.ku.ge.
油菜花	菜の花（なのはな）	拿 no 哈拿 na.no.ha.na.
波斯菊	コスモス	口思謀思 ko.su.mo.su.

紫陽花	アジサイ	阿基撒衣 a.ji.sa.i.
蒲公英	たんぽぽ	他嗯剖剖 ta.n.po.po.
向日葵	ひまわり	he 媽哇哩 hi.ma.wa.ri.
鬱金香	チューリップ	去一哩．撲 chu.u.ri.ppu.
康乃馨	カーネーション	咖一內一休嗯 ka.a.ne.e.sho.n.

水中植物

海藻	海藻（かいそう）	咖衣搜一 ka.i.so.u.
海草	海草（かいそう）	咖衣搜一 ka.i.so.u.
海帶	わかめ	哇咖妹 wa.ka.me.
昆布	昆布（こんぶ）	口嗯捕 ko.n.bu.
海苔	海苔（のり）	no 哩 no.ri.

植物部位

種子	種（たね）	他內 ta.ne.

果實	かじつ 果実	咖基此 ka.ji.tsu.
芽	め 芽	妹 me.
葉子	は 葉	哈 ha.
根	ね 根	內 ne.
莖	くき 茎	哭 key ku.ki.
樹幹、幹	みき 幹	咪 key mi.ki.
落葉	お ば 落ち葉	歐漆巴 o.chi.ba.
楓葉	こうよう 紅葉	口一優一 ko.u.yo.u.
枝枒	えだ 枝	せ搭 e.da.
刺、荊棘	とげ 棘	偷給 to.ge.
花	はな 花	哈拿 ha.na.
花苞	つぼみ 蕾	此玻咪 tsu.bo.mi.
花瓣	はな 花びら	哈拿逼啦 ha.na.bi.ra.

教育

教育機構

學校	がっこう 学校	嘎・ㄎㄧ ga.kko.u.
學前班(類似托兒所)	ほいくえん 保育園	吼衣哭せ嗯 ho.i.ku.e.n.
幼稚園	ようちえん 幼稚園	優一漆せ嗯 yo.u.chi.e.n.
國小	しょうがっこう 小学校	休一嘎・ㄎㄧ sho.u.ga.kko.u.
中學	ちゅうがっこう 中学校	去一嘎・ㄎㄧ chu.u.ga.kko.u.
高中	こうこう 高校	ㄎㄧㄎㄧ ko.u.ko.u.
大學	だいがく 大学	搭衣嘎哭 da.i.ga.ku.
研究所	だいがくいん 大学院	搭衣嘎哭衣嗯 da.i.ga.ku.i.n.
職業學校	せんもんがっこう 専門学校	誰嗯謀嗯嘎・ㄎㄧ se.n.mo.n.ga.kko.u.
二年制短期大學	たんだい 短大	他嗯搭衣 ta.n.da.i.
男校	だんしこう 男子校	搭嗯吸ㄎㄧ da.n.shi.ko.u.

女校	じょしこう 女子校	糾吸口一 jo.shi.ko.u.
私立學校	しりつがっこう 私立学校	吸哩此嘎．口一 shi.ri.tsu.ga.kko.u.
公立學校	こうりつがっこう 公立学校	口一哩此嘎．口一 ko.u.ri.tsu.ga.kko.u.
年級	がっきゅう 学級	嘎．Q一 ga.kkyu.u.
班級	クラス	哭啦思 ku.ra.su.

校內職務

幼稚園園長	えんちょう 園長	せ嗯秋一 e.n.cho.u.
大學校長	がくちょう 学長	嘎哭秋一 ga.ku.cho.u.
校長（小、中學、高中）	こうちょう 校長	口一秋一 ko.u.cho.u.
教務主任（小、中學、高中）	きょうとう 教頭	克優一偷一 kyo.u.to.u.
大學教務長	がくぶちょう 学部長	嘎哭捕秋一 ga.ku.bu.cho.u.
主任	しゅにん 主任	嘘你嗯 shu.ni.n.
老師	せんせい 先生	誰嗯誰一 se.n.se.i.

老師	きょうし 教師	克優一吸 kyo.u.shi.
老師(大學以下的)	きょうゆ 教諭	克優一瘀 kyo.u.yu.
講師	こうし 講師	口一吸 ko.u.shi.
正式講師	じょうきんこうし 常勤講師	糾一 key 嗯口一吸 jo.u.ki.n.ko.u.shi.
約聘講師	ひじょうきんこうし 非常勤講師	he 糾一 key 嗯口一吸 hi.jo.u.ki.n.ko.u.shi.
教授	きょうじゅ 教授	克優一居 kyo.u.ju.
副教授	じゅんきょうじゅ 准教授	居嗯克優一居 ju.n.kyo.u.ju.
助理	じょしゅ 助手	糾嘘 jo.shu.

校內設施

校舍	こうしゃ 校舎	口一瞎 ko.u.sha.
校園	こうてい 校庭	口一貼一 ko.u.te.i.
教室	きょうしつ 教室	克優一吸此 kyo.u.shi.tsu.
實驗教室	りかしつ 理科室	哩咖吸此 ri.ka.shi.tsu.

音樂教室	音楽室（おんがくしつ）	歐嗯嘎哭吸此 o.n.ga.ku.shi.tsu.
美術教室	美術室（びじゅつしつ）	逼居此吸此 bi.ju.tsu.shi.tsu.
圖書室	図書室（としょしつ）	偷休吸此 to.sho.shi.tsu.
教師室	職員室（しょくいんしつ）	休哭衣嗯吸此 sho.ku.i.n.shi.tsu.
行政室	事務室（じむしつ）	基母吸此 ji.mu.shi.tsu.
保健室	保健室（ほけんしつ）	吼開嗯吸此 ho.ke.n.shi.tsu.
營養午餐供應中心	給食室（きゅうしょくしつ）	Q一休哭吸此 kyu.u.sho.ku.shi.tsu.
講堂、活動中心	講堂（こうどう）	口一兜一 ko.u.do.u.
廣播室	放送室（ほうそうしつ）	吼一搜一吸此 ho.u.so.u.shi.tsu.
運動場	運動場（うんどうじょう）	烏嗯兜一叫一 u.n.do.u.jo.u.
遊樂器材	遊具（ゆうぐ）	瘀一古 yu.u.gu.

學生身分

學生	学生（がくせい）	嘎哭誰一 ga.ku.se.i.

小學生	しょうがくせい 小学生	休ー嘎哭誰ー sho.u.ga.ku.se.i.
中學生	ちゅうがくせい 中学生	去ー嘎哭誰ー chu.u.ga.ku.se.i.
高中生	こうこうせい 高校生	ロー口ー誰ー ko.u.ko.u.se.i.
大學生	だいがくせい 大学生	搭衣嘎哭誰ー da.i.ga.ku.se.i.
研究所先修生(尚未考上)	けんきゅうせい 研究生	開嗯Qー誰ー ke.n.kyu.u.se.i.
院生、研究所學生	だいがくいんせい 大学院生	搭衣嘎哭衣嗯誰ー da.i.ga.ku.i.n.se.i.
重考生	ろうにん 浪人	摟ー你嗯 ro.u.ni.n.
畢業生、校友	そつぎょうせい 卒業生	搜此哥優ー誰ー so.tsu.gyo.u.se.i.
新生	しんにゅうせい 新入生	吸嗯女ー誰ー shi.n.nyu.u.se.i.
~年級	ねんせい ～年生	內嗯誰ー ne.n.se.i.
轉學生	てんこうせい 転校生	貼嗯口ー誰ー te.n.ko.u.se.i.
旁聽生	ちょうこうせい 聴講生	秋ー口ー誰ー cho.u.ko.u.se.i.
交換學生	こうかんがくせい 交換学生	口ー咖嗯嘎哭誰ー ko.u.ka.n.ga.ku.se.i.

Track 058

留學生	りゅうがくせい 留学生	驢一嗄哭誰一 ryu.u.ga.ku.se.i.

同學

同學(也可說クラスメイト)	どうきゅうせい 同級生	兜一Q一誰一 do.u.kyu.u.se.i.
學長姊、前輩	せんぱい 先輩	誰嗯趴衣 se.n.pa.i.
學弟妹、後進	こうはい 後輩	口一哈衣 ko.u.ha.i.
同學會	どうそうかい 同窓会	兜一搜一咖衣 do.u.so.u.ka.i.

學科主修

學院	がくぶ 学部	嘎哭部 ga.ku.bu.
科系	がっか 学科	嘎・咖 ga.kka.
主修	せんこうかもく 専攻科目	誰嗯口一咖謀哭 se.n.ko.u.ka.mo.ku.
雙修	ダブルメジャー	搭捕嚕妹加一 da.bu.ru.me.ja.a.
文科	ぶんけい 文系	捕嗯開一 bu.n.ke.i.
理科	りけい 理系	哩開一 ri.ke.i.

課程表

學年	学年（がくねん）	嘎哭內嗯 ga.ku.ne.n.
學期	学期（がっき）	嘎・key ga.kki.
課表	時間割（じかんわり）	基咖嗯哇哩 ji.ka.n.wa.ri.
第～節課	～限目（げんめ）	給嗯妹 ge.n.me.
第～堂課（大專以上）	～コマ目（め）	口媽妹 ko.ma.me.

授課

課／課程	講義（こうぎ）	口一個衣 ko.u.gi.
上課	授業（じゅぎょう）	居哥優一 ju.gyo.u.
課程大綱	シラバス	吸啦巴思 shi.ra.ba.su.
教科書	教科書（きょうかしょ）	克優一咖休 kyo.u.ka.sho.
講義、資料	プリント	撲哩嗯偷 pu.ri.n.to.
先修課程	先修科目（せんしゅうかもく）	誰嗯噓一咖謀哭 se.n.shu.u.ka.mo.ku.

補習班	塾（じゅく）	居哭 ju.ku.
實習課	実習（じっしゅう）	基・噓一 ji.shu.u.
聽講	受講（じゅこう）	居口一 ju.ko.u.
出席	出席（しゅっせき）	噓・誰 key shu.sse.ki.
缺席	欠席（けっせき）	開・誰 key ke.sse.ki.
早退	早退（そうたい）	搜一他衣 so.u.ta.i.
遲到	遅刻（ちこく）	漆口哭 chi.ko.ku.
逃學、蹺課	サボる	撒玻嚕 sa.bo.ru.
預習	予習（よしゅう）	優噓一 yo.shu.u.
ノートを取る 記筆記	メモを取（と）る	妹謀喔偷嚕 me.mo.o.to.ru.
學分	単位（たんい）	他嗯衣 ta.n.i.

作業與考試

作業	宿題（しゅくだい）	噓哭搭衣 shu.ku.da.i.

考試	試験（しけん）	吸開嗯 shi.ke.n.
考試	テスト	貼思偷 te.su.to.
補考	追試（ついし）	此衣吸 tsu.i.shi.
報告	レポート	勒剖一偷 re.po.o.to.
繳交~	～を出（だ）す	喔搭思 o.da.su.
截止日	締（し）め切（き）り	吸妹 key 哩 shi.me.ki.ri.
入學考試	入試（にゅうし）	女一吸 nyu.u.shi.
参加考試	受験（じゅけん）	居開嗯 ju.ke.n.
高中入學考試	高校受験（こうこうじゅけん）	ロ一ロ一居開嗯 ko.u.ko.u.ju.ke.n.
大學入學考試	大学受験（だいがくじゅけん）	搭衣嘎哭居開嗯 da.i.ga.ku.ju.ke.n.
大學入學考試	センター試験（しけん）	誰嗯他一吸開嗯 se.n.ta.a.shi.ke.n.
實力考試 (出題範圍廣)	実力（じつりょく）テスト	基此溜哭貼思偷 ji.tsu.ryo.ku.te.su.to.
留學考試	留学試験（りゅうがくしけん）	驢一嘎嗯吸開嗯 ryu.u.ga.ku.shi.ke.n.

期中考	ちゅうかんしけん 中間試験	去一咖嗯吸開嗯 chu.u.ka.n.shi.ke.n.
期末考	きまつしけん 期末試験	key 媽此吸開嗯 ki.ma.tsu.shi.ke.n.
模擬考	もぎしけん 模擬試験	謀個衣吸開嗯 mo.gi.shi.ke.n.
抽考	ぬ　う 抜き打ちテスト	奴 key 烏漆貼思偷 nu.ki.u.chi.te.su.to.
小考	しょう 小テスト	休一貼思偷 sho.u.te.su.to.
短篇論述文	しょうろんぶん 小論文	休一摟嗯捕嗯 sho.u.ro.n.bu.n.
論文	ろんぶん 論文	摟嗯捕嗯 ro.n.bu.n.
口試	こうじゅつしけん 口述試験	口一居此吸開嗯 ko.u.ju.tsu.shi.ke.n.
成績單	せいせきしょうめいしょ 成績証明書	誰一誰 key 休一妹一休 se.i.se.ki.sho.u.me.i.sho.
成績單	せいせきひょう 成績表	誰一誰 key 合優一 se.i.se.ki.hyo.u.
不及格	ふごうかく 不合格	夫狗一咖哭 fu.go.u.ka.ku.
考上	ごうかく 合格	狗一咖哭 go.u.ka.ku.
作弊	カンニング	咖嗯你嗯古 ka.n.ni.n.gu.

校園生活

校園生活	がっこうせいかつ 学校生活	嘎・口一誰一咖此 ga.kko.u.se.i.ka.tsu.
在上~、通勤	かよ ～に通う	你咖優烏 ni.ka.yo.u.
入學	にゅうがく 入学する	女一嘎哭思嚕 nyu.u.ga.ku.su.ru.
畢業於~	で ～を出る	喔爹嚕 o.de.ru.
上學	とうこう 登校	偷一口一 to.u.ko.u.
放學	げこう 下校	給口一 ge.ko.u.
下課時間	やす　じかん 休み時間	呀思咪基咖嗯 ya.su.mi.ji.ka.n.
新生訓練	オリエンテーション	歐哩せ嗯貼一休嗯 o.ri.e.n.te.e.sho.n.
入學典禮	にゅうがくしき 入学式	女一嘎哭吸 key nyu.u.ga.ku.shi.ki.
開學典禮	しぎょうしき 始業式	吸哥優一吸 key shi.gyo.u.shi.ki.
結業式	しゅうぎょうしき 終業式	嘘一哥優一吸 key shu.u.gyo.u.shi.ki.
畢業典禮	そつぎょうしき 卒業式	搜此哥優一吸 key so.tsu.gyo.u.shi.ki.

春假(新學期前的長假)	はるやす 春休み	哈嚕呀思咪 ha.ru.ya.su.mi.
暑假	なつやす 夏休み	拿此呀思咪 na.tsu.ya.su.mi.
寒假	ふゆやす 冬休み	夫瘀呀思咪 fu.yu.ya.su.mi.
住宿生活	りょうせいかつ 寮生活	溜一誰一咖此 ryo.u.se.i.ka.tsu.
留學	りゅうがく 留学	驢一嘎哭 ryu.u.ga.ku.
短期遊學	たんきりゅうがく 短期留学	他嗯 key 驢一嘎哭 ta.n.ki.ryu.u.ga.ku.
轉學	てんこう 転校	貼嗯口一 te.n.ko.u.
留級	りゅうねん 留年	驢一內嗯 ryu.u.ne.n.
休學	きゅうがく 休学	Q 一嘎哭 kyu.u.ga.ku.
開除、退學、輟學	たいがく 退学	他衣嘎哭 ta.i.ga.ku.
停學處分	ていがくしょぶん 停学処分	貼一嘎哭休捕嗯 te.i.ga.ku.sho.bu.n.
獎學金	しょうがくきん 奨学金	休一嘎哭 key 嗯 sho.u.ga.ku.ki.n.
學費	がくひ 学費	嘎哭 he ga.ku.hi.

社團聯誼

社團	サークル	撒一哭嚕 sa.a.ku.ru.
社團活動	ぶかつ 部活	捕咖此 bu.ka.tsu.
社團辦公室	ぶしつ 部室	捕吸此 bu.shi.tsu.
學生會	せいとかい 生徒会	誰一偷咖衣 se.i.to.ka.i.
聯誼	ごう 合コン	狗一口嗯 go.u.ko.n.
社團合宿	がっしゅく 合宿	嘎・噓哭 ga.sshu.ku.
運動會	うんどうかい 運動会	烏嗯偷一咖衣 u.n.do.u.ka.i.
校慶	ぶんかさい 文化祭	捕嗯咖撒衣 bu.n.ka.sa.i.

畢業學歷

學歷	がくれき 学歴	嘎哭勒 key ga.ku.re.ki.
最高學歷	さいこうがくれき 最高学歴	撒衣口一嘎哭勒 key sa.i.ko.u.ga.ku.re.ki.
研究所學歷	だいがくいんそつ 大学院卒	搭衣嘎哭衣嗯搜此 da.i.ga.ku.i.n.so.tsu.

大學學歷	大卒（だいそつ）	搭衣搜此 da.i.so.tsu.
高中學歷	高卒（こうそつ）	ㄇㄧ搜此 ko.u.so.tsu.
文憑	卒業証書（そつぎょうしょうしょ）	搜此哥優一休一休 so.tsu.gyo.u.sho.u.sho.
學位	学位（がくい）	嘎哭衣 ga.ku.i.
學士	学士（がくし）	嘎哭吸 ga.ku.shi.
碩士	修士（しゅうし）	噓一吸 shu.u.shi.
博士	博士（はかせ）	哈咖誰 ha.ka.se.

文具用品

文具	文房具（ぶんぼうぐ）	捕嗯玻一古 bu.n.po.u.gu.
小學生的後背書包	ランドセル	啦嗯兜誰嚕 ra.n.do.se.ru.
鉛筆	鉛筆（えんぴつ）	せ嗯披此 e.n.pi.tsu.
自動鉛筆（也說シャーペン）	シャープペン	瞎一撲呸嗯 sha.a.pu.pe.n.
原子筆、鋼珠筆	ボールペン	玻一嚕呸嗯 bo.o.ru.pe.n.

鋼筆	万年筆（まんねんひつ）	媽嗯內嗯 he 此 ma.n.ne.n.hi.tsu.
鉛筆盒	ペンケース	呸嗯開一思 pe.n.ke.e.su.
橡皮擦	消（け）しゴム	開吸狗母 ke.shi.go.mu.
修正帶	修正（しゅうせい）テープ	噓一誰一貼一撲 shu.u.se.i.te.e.pu.
筆記本	ノート	no 一偷 no.o.to.
日誌	手帳（てちょう）	貼秋一 te.cho.u.
便條紙	便箋（びんせん）	逼嗯誰嗯 bi.n.se.n.
便利貼（也可說ポストイット）	付箋（ふせん）	夫誰嗯 fu.se.n.
白板	ホワイトボード	吼哇衣偷玻一兜 ho.wa.i.to.bo.o.do.
白板擦	クリーナー	哭哩一拿一 ku.ri.i.na.a.
墊板	下敷（したじ）き	吸他基 key shi.ta.ji.ki.
碎紙機	シュレッダー	噓勒・搭一 shu.re.dda.a.
削鉛筆機	鉛筆削（えんぴつけず）り	せ嗯披此開資哩 e.n.pi.tsu.ke.zu.ri.

釘書機	ホッチキス	吼・漆 key 思 ho.cchi.ki.su.
夾子、長尾夾	クリップ	哭哩・撲 ku.ri.ppu.
橡皮筋	輪(わ)ゴム	哇狗母 wa.go.mu.
檔案夾、檔案	ファイル	發衣嚕 fa.i.ru.
計算機	電卓(でんたく)	爹嗯他哭 de.n.ta.ku.
尺	定規(じょうぎ)	糾一個衣 jo.u.gi.
量角器	分度器(ぶんどき)	捕嗯兜 key bu.n.do.ki.
印鑑（也可說ハンコ）	印鑑(いんかん)	衣嗯咖嗯 i.n.ka.n.
圖章、印章	スタンプ	思他嗯撲 su.ta.n.pu.
蓋印章	ハンコを押(お)す	哈嗯口喔一思 ha.n.ko.o.o.su.

美術用品

紙	紙(かみ)	咖咪 ka.mi.
色船筆	色鉛筆(いろえんぴつ)	衣摟せ嗯披此 i.ro.e.n.pi.tsu.

彩色筆	カラーペン	咖啦－呸嗯 ka.ra.a.pe.n.
蠟筆	クレヨン	哭勒優嗯 ku.re.yo.n.
水彩	パステル	趴思貼嚕 pa.su.te.ru.
麥克筆	マーカーペン	媽－咖－呸嗯 ma.a.ka.a.pe.n.
剪刀	ハサミ	哈撒咪 ha.sa.mi.
美工刀	カッターナイフ	咖・他－拿衣夫 ka.tta.a.na.i.fu.
膠、膠水	のり	no 哩 no.ri.
透明膠帶	セロハンテープ	誰摟哈嗯貼－撲 se.ro.ha.n.te.e.pu.
雙面膠	両面（りょうめん）テープ	溜－妹嗯貼－撲 ryo.u.me.n.te.e.pu.
紙膠帶	マスキングテープ	媽思 key 嗯古貼－撲 ma.su.ki.n.gu.te.e.pu.
貼紙	シール	吸－嚕 shi.i.ru.
圖釘	画鋲（がびょう）	嘎逼優－ ga.byo.u.
大頭針	虫（むし）ピン	母吸披嗯 mu.shi.pi.n.

職場

產業相關

公司	会社（かいしゃ）	咖衣瞎 ka.i.sha.
股份有限公司	株式会社（かぶしきがいしゃ）	咖捕吸 key 嘎衣瞎 ka.bu.shi.ki.ga.i.sha.
產業	産業（さんぎょう）	撒嗯哥優一 sa.n.gyo.u.
業界、~業	業界（ぎょうかい）	哥優一咖衣 gyo.u.ka.i.
公營企業	国有企業（こくゆうきぎょう）	口哭瘀一 key 哥優一 ko.ku.yu.u.ki.gyo.u.
私人企業	民間企業（みんかんきぎょう）	咪嗯咖嗯 key 哥優一 mi.n.ka.n.ki.gyo.u.
製造業	製造業（せいぞうぎょう）	誰一走一哥優一 se.i.zo.u.gyo.u.
輕工業	軽工業（けいこうぎょう）	開一口一哥優一 ke.i.ko.u.gyo.u.
電力工業	電力産業（でんりょくさんぎょう）	爹嗯溜哭撒嗯哥優一 de.n.ryo.ku.sa.n.gyo.u.
汽車工業	自動車産業（じどうしゃさんぎょう）	基兜一瞎撒嗯哥優一 ji.do.u.sha.sa.n.gyo.u.
服裝業	アパレル業界（ぎょうかい）	阿趴勒嚕哥優一咖衣 a.pa.re.ru.gyo.u.ka.i.

建築工業	けんせつぎょう 建設業	開嗯誰此哥優一 ke.n.se.tsu.gyo.u.
化學工業	かがくこうぎょう 化学工業	咖嘎哭口一哥優一 ka.ga.ku.ko.u.gyo.u.
食品工業	しょくひんさんぎょう 食品産業	休哭 he 嗯撒嗯哥優一 sho.ku.hi.n.sa.n.gyo.u.
石油工業	せきゆぎょうかい 石油業界	誰 key 瘀哥優一咖衣 se.ki.yu.gyo.u.ka.i.
情報通訊業(即IT 産業(さんぎょう))	じょうほうつうしんぎょう 情報通信業	糾一吼一此一吸嗯哥優一 jo.u.ho.u.tsu.u.shi.n.gyo.u.
電子機械業	でんきさんぎょう 電機産業	爹嗯 key 撒嗯哥優一 de.n.ki.sa.n.gyo.u
鋼鐵工業	きんぞくこうぎょう 金属工業	key 嗯走哭口一哥優一 ki.n.zo.ku.ko.u.gyo.u.
礦業	こうぎょう 鉱業	口一哥優一 ko.u.gyo.u.

職業

工作	しごと 仕事	吸狗偷 shi.go.to.
工作類別	しょくしゅ 職種	休哭噓 sho.ku.shu.
上班族	かいしゃいん 会社員	咖衣瞎衣嗯 ka.i.sha.i.n.
公務員	こうむいん 公務員	口一母衣恩 ko.u.mu.i.n.

自營業	自営業（じえいぎょう）	基せ一哥優一 ji.e.i.gyo.u.
家庭主婦	専業主婦（せんぎょうしゅふ）	誰嗯哥優一嘘夫 se.n.gyo.u.shu.fu.
銀行員	銀行員（ぎんこういん）	個衣嗯口一衣嗯 gi.n.ko.u.i.n.
警察	警察官（けいさつかん）	開一撒此咖嗯 ke.i.sa.tsu.ka.n.
消防員	消防士（しょうぼうし）	休一玻一吸 sho.u.bo.u.shi.
律師	弁護士（べんごし）	背嗯狗吸 be.n.go.shi.
會計師	会計士（かいけいし）	咖衣開一吸 ka.i.ke.i.shi.
建築師	建築士（けんちくし）	開嗯漆哭吸 ke.n.chi.ku.shi.
廚師	料理人（りょうりにん）	溜一哩你嗯 ryo.u.ri.ni.n.
褓母	保育士（ほいくし）	吼衣哭吸 ho.i.ku.shi.
設計師	デザイナー	爹紮衣拿一 de.za.i.na.a.
工程師	エンジニア	せ嗯基你阿 e.n.ji.ni.a.
諮詢師	コンサルタント	口嗯撒嚕他嗯偷 ko.n.sa.ru.ta.n.to.

業務員	えいぎょう 営業マン	せ一哥優一媽嗯 e.i.gyo.u.ma.n.
專家	しょくにん 職人	休哭你嗯 sho.ku.ni.n.
翻譯	つうやく 通訳	此一呀哭 tsu.u.ya.ku.
學者	けんきゅうしゃ 研究者	開嗯 Q 一瞎 ke.n.kyu.u.sha.
學者	がくしゃ 学者	嘎哭瞎 ga.ku.sha.
打工	アルバイト	阿嚕巴衣偷 a.ru.ba.i.to.
自由工作者	フリーランス	夫哩一啦嗯思 fu.ri.i.ra.n.su.
計時員工	パート	趴一偷 pa.a.to.
失業者	むしょく 無職	母休哭 mu.sho.ku.
啃老族	ニート	你一偷 ni.i.to.
打工族	フリーター	夫哩一偷一 fu.ri.i.ta.a.

部門

部署	ぶしょ 部署	捕休 bu.sho.

部門	部門(ぶもん)	補謀嗯 bu.mo.n.
課、科室	課(か)	咖 ka.
總公司	本社(ほんしゃ)	吼嗯瞎 ho.n.sha.
分公司	支社(ししゃ)	吸瞎 shi.sha.
事業處	事業部(じぎょうぶ)	基哥優一捕 ji.gyo.u.bu.
行政部	管理部(かんりぶ)	咖嗯哩捕 ka.n.ri.bu.
財務部	財務部(ざいむぶ)	紮衣母捕 za.i.mu.bu.
總務部、事務部	総務部(そうむぶ)	搜一母捕 so.u.mu.bu.
人事部	人事部(じんじぶ)	基嗯基捕 ni.n.ji.bu.
經營部門	経理部(けいりぶ)	開一哩捕 ke.i.ri.bu.
採購部	購買部(こうばいぶ)	口一巴衣捕 ko.u.ba.i.bu.
開發部	開発部(かいはつぶ)	咖衣哈此捕 ka.i.ha.tsu.bu.
業務部	営業部(えいぎょうぶ)	せ一哥優一捕 e.i.gyo.u.bu.

技術部	ぎじゅつぶ 技術部	個衣居此捕 gi.ju.tsu.bu.
製造部	せいぞうぶ 製造部	誰一走一捕 se.i.zo.u.bu.
公關部	こうほうぶ 広報部	口一吼一捕 ko.u.ho.u.bu.
企劃部	きかくぶ 企画部	key 咖哭捕 ki.ka.ku.bu.
法務部門	ほうむぶ 法務部	吼一母捕 ho.u.mu.bu.

職位

正式員工	せいしゃいん 正社員	誰一瞎衣嗯 se.i.sha.i.n.
約聘員工	けいやくしゃいん 契約社員	開一呀哭瞎衣嗯 ke.i.ya.ku.sha.i.n.
派遣員工	はけんしゃいん 派遣社員	哈開嗯瞎衣嗯 ha.ke.n.sha.i.n.
職位	かたが 肩書き	咖他嘎 key ka.ta.ga.ki.
公司中具決策能力的職位	やくしょく 役職	呀哭休哭 ya.ku.sho.ku.
一般職員(較無升遷機會)	いっぱんしょく 一般職	衣・趴嗯休哭 i.ppa.n.sho.ku.
將來較有升遷機會的職位	そうごうしょく 総合職	搜一狗一休哭 so.u.go.u.sho.ku.

管理階層	管理職（かんりしょく）	咖嗯哩休哭 ka.n.ri.sho.ku.
社長	社長（しゃちょう）	瞎秋一 sha.cho.u.
副社長	副社長（ふくしゃちょう）	夫哭瞎秋一 fu.ku.sha.cho.u.
董事	取締役（とりしまりやく）	偷哩吸媽哩呀哭 to.ri.shi.ma.ri.ya.ku.
專務理事	専務（せんむ）	誰嗯母 se.n.mu.
常務理事	常務（じょうむ）	糾一母 jo.u.mu.
部長	部長（ぶちょう）	捕秋一 bu.cho.u.
次長	次長（じちょう）	基秋一 ji.cho.u.
室長	室長（しつちょう）	吸此秋一 shi.tsu.cho.u.
課長	課長（かちょう）	咖秋一 ka.cho.u.
科長	係長（かかりちょう）	咖咖哩秋一 ka.ka.ri.cho.u.
主任	主任（しゅにん）	噓你嗯 shu.ni.n.
代理	代理（だいり）	搭衣哩 da.i.ri.

祕書	秘書（ひしょ）	he 休 hi.sho.
廠長	工場長（こうじょうちょう）	ㄎㄡ一糾一秋一 ko.u.jo.u.cho.u.

工作內容

負責	担当（たんとう）	他嗯偷一 ta.n.to.u.
職務	職務（しょくむ）	休哭母 sho.ku.mu.
~負責人	～係（かかり）	咖咖哩 ka.ka.ri.
助理	アシスタント	阿吸思他嗯偷 a.shi.su.ta.n.to.
行政人員	事務員（じむいん）	基母衣嗯 ji.mu.i.n.
作業員	作業員（さぎょういん）	撒哥優一衣嗯 sa.gyo.u.i.n.
職員	スタッフ	思他．夫 su.ta.ffu.
職員	職員（しょくいん）	休哭衣嗯 sho.ku.i.n.

職場關係

上司	上司（じょうし）	糾一吸 jo.u.shi.

下屬	ぶか 部下	捕咖 bu.ka.
同時進公司的同事	どうき 同期	兜一 key do.u.ki.
同事	どうりょう 同僚	兜一溜一 do.u.ryo.u.
客戶(也可說クライアント)	とりひきさき 取引先	偷哩 he key 撒 key to.ri.hi.ki.sa.ki.
客人、客戶	きゃくさま お客様	歐克呀哭撒媽 o.kya.ku.sa.ma.
同業	どうぎょうしゃ 同業者	兜一哥優一瞎 do.u.gyo.u.sha.

職場生活

研習	けんしゅう 研修	開嗯嘘一 ke.n.shu.u.
名片	めいし 名刺	妹一吸 me.i.shi.
聚餐	の かい 飲み会	no 咪咖衣 no.mi.ka.i.
慶功宴	う あ 打ち上げ	烏漆阿給 u.chi.a.ge.
春酒	しんねんかい 新年会	吸嗯內嗯咖衣 shi.n.ne.n.ka.i.
歲末聚餐(類似尾牙)	ぼうねんかい 忘年会	玻一內嗯咖衣 bo.u.ne.n.ka.i.

迎新會	かんげいかい 歓迎会	咖嗯給一咖衣 ka.n.ge.i.ka.i.
送別會	そうべつかい 送別会	搜一背此咖衣 so.u.be.tsu.ka.i.
續攤	にじかい 二次会	你基咖衣 ni.ji.ka.i.
活動負責人	かんじ 幹事	咖嗯基 ka.n.ji.
招待客戶	せったい 接待	誰・他衣 se.tta.i.

會議

會議	かいぎ 会議	咖衣個衣 ka.i.gi.
會議	ミーティング	咪一踢嗯古 mi.i.ti.n.gu.
簡報、介紹	プレゼンテーション	撲勒賊嗯貼一休嗯 pu.re.ze.n.te.e.sho.n.
會議室	かいぎしつ 会議室	咖衣個衣吸此 ka.i.gi.shi.tsu.
行程	スケジュール	思開居一嚕 su.ke.ju.u.ru.
舉行地點	かいさいばしょ 開催場所	咖衣撒衣巴休 ka.i.sa.i.ba.sho.
參加人員	さんかしゃ 参加者	撒嗯咖瞎 sa.n.ka.sha.

項目	こうもく 項目	ㄇㄧ謀哭 ko.u.mo.ku.
主旨	しゅし 主旨	嘘吸 shu.shi.
確認進度	しんちょくかくにん 進捗確認	吸嗯秋哭咖哭你嗯 shi.n.cho.ku.ka.ku.ni.n.
主題	ぎだい 議題	個衣搭衣 gi.da.i.
提議	ていあん 提案	貼一阿嗯 te.i.a.n.
討論	ぎろん 議論	個衣摟嗯 gi.ro.n.
發言	はつげん 発言	哈此給嗯 ha.tsu.ge.n.
決論	ぎけつ 議決	個衣開此 gi.ke.tsu.
會議記錄	ぎじろく 議事録	個衣基摟哭 gi.ji.ro.ku.

薪資

薪水	きゅうりょう 給料	Q一溜一 kyu.u.ryo.u.
月薪	げっきゅう 月給	給・Q一 ge.kkyu.u.
獎金	ボーナス	玻一拿思 bo.o.na.su.

津貼	手当（てあて）	貼阿貼 te.a.te.
失業津貼	失業手当（しつぎょうてあて）	吸此哥優一貼阿貼 shi.tsu.gyo.u.te.a.te.
退休金	退職金（たいしょくきん）	他衣休哭 key 嗯 ta.i.sho.ku.ki.n.
勞保	雇用保険（こようほけん）	口優一吼開嗯 ko.yo.u.ho.ke.n.
發薪日	給料日（きゅうりょうび）	Q 一溜一逼 kyu.u.ryo.u.bi.
加薪	昇給（しょうきゅう）	休一 Q 一 sho.u.kyu.u.

出勤

上班時間	勤務時間（きんむじかん）	key 嗯母基咖嗯 ki.n.mu.ji.ka.n.
出社	出勤（しゅっきん）	噓・key 嗯 shu.kki.n.
下班、離職	退社（たいしゃ）	他衣瞎 ta.i.sha.
夜班	夜勤（やきん）	呀 key 嗯 ya.ki.n.
沒上班	欠勤（けっきん）	開・key 嗯 ke.kki.n.
晚到、遲到	遅れる（おくれる）	歐哭勒嚕 o.ku.re.ru.

加班	残業（ざんぎょう）	紮嗯哥優一 za.n.gyo.u.
出差	出張（しゅっちょう）	噓・秋一 shu.ccho.u.
假日上班	休日出勤（きゅうじつしゅっきん）	Q一基此噓・key嗯 kyu.u.ji.tsu.shu.kki.n.
特休、有薪假	有給休暇（ゆうきゅうきゅうか）	瘀一Q一Q一咖 yu.u.kyo.u.kyu.u.ka.

職務異動

到職	就職（しゅうしょく）	噓一休哭 shu.u.sho.ku.
離職	退職（たいしょく）	他衣休哭 ta.i.sho.ku.
轉換跑道	転職（てんしょく）	貼嗯休哭 te.n.sho.ku.
調職	転勤（てんきん）	貼嗯 key 嗯 te.n.ki.n.
升職	昇進（しょうしん）	休一吸嗯 sho.u.shi.n.
升職、出人頭地	出世（しゅっせ）	噓・誰 shu.sse.
降職	左遷（させん）	撒誰嗯 sa.se.n.
退休	定年（ていねん）	貼一內嗯 te.i.ne.n.

創業	きぎょう 起業	key 哥優一 ki.gyo.u.
副業	ふくぎょう 副 業	夫哭哥優一 fu.ku.gyo.u.
失業	しつぎょう 失 業	吸此哥優一 shi.tsu.gyo.u.
裁員	リストラ	哩思偷啦 ri.su.to.ra.
二次就業	さいしゅうしょく 再 就 職	撒衣嘘一休哭 sa.i.shu.u.sho.ku.
優退	そうきたいしょく 早期退職	搜一 key 他衣休哭 so.u.ki.ta.i.sho.ku.
解僱	かいこ 解雇	咖衣口 ka.i.ko.
解僱	くびにする	哭逼你思嚕 ku.bi.ni.su.ru.
辭呈	じひょう 辞表	基合優一 ji.hyo.u.
年資	きんぞくねんすう 勤続年数	key 嗯走哭內嗯思一 ki.n.zo.ku.ne.n.su.u.

求職

徵人	きゅうじん 求 人	Q 一基嗯 kyu.u.ji.n.
找工作	しゅうしょくかつどう 就 職 活 動	嘘一休哭咖此兜一 shu.sho.ku.ka.tsu.do.u.

履歷表	りれきしょ 履歴書	哩勒 key 休 ri.re.ki.sho.
任用考試	さいようしけん 採用試験	撒衣優一吸開嗯 sa.i.yo.u.shi.ke.n.
面試	めんせつ 面接	妹嗯誰此 me.n.se.tsu.
任用	さいよう 採用	撒衣優一 sa.i.yo.u.
不任用	ふさいよう 不採用	夫撒衣優一 fu.sa.i.yo.u.
徵求應屆畢業生	しんそつさいよう 新卒採用	吸嗯搜此撒衣優一 shi.n.so.ku.sa.i.yo.u.
一般徵才(任用非應屆畢業者)	ちゅうとさいよう 中途採用	去一偷撒衣優一 chu.u.to.sa.i.yo.u.
獵人頭	ヘッドハンティング	嘿．兜哈嗯踢嗯古 he.ddo.ha.n.ti.n.gu.
職業介紹所	ハローワーク	哈摟一哇一哭 ha.ro.o.wa.a.ku.
企業說明會	きぎょう 企業セミナー	key 哥優一誰咪拿一 ki.gyo.u.se.mi.na.a.
新進員工	しんにゅうしゃいん 新入社員	吸嗯女一瞎衣嗯 shi.n.nyu.u.sha.i.n.
實習	インターンシップ	衣嗯他一嗯吸．撲 i.n.ta.a.n.shi.ppu.
畢業前已獲錄用	ないてい 内定	拿衣貼一 na.i.te.i.

飲食

飲食相關

我開動了	いただきます	衣他搭 key 媽思 i.ta.da.ki.ma.su.
肚子餓了	お腹（なか）が空（す）きました	歐拿咖嘎思 key 媽吸他 o.na.ka.ga.su.ki.ma.shi.ta.
我吃飽了	ごちそうさまでした	狗漆搜一撒媽爹吸他 go.chi.so.u.sa.ma.de.shi.ta.
吃得很飽	お腹（なか）いっぱい	歐拿咖衣·趴衣 o.na.ka.i.ppa.i.
食欲	食欲（しょくよく）	休哭優哭 sho.ku.yo.ku.
吃太飽	食（た）べ過（す）ぎ	他背思個衣 ta.be.su.gi.
另個胃（吃飽但還能吃別的）	別腹（べつばら）	背此巴啦 be.tsu.ba.ra.
愛吃鬼	食（く）いしん坊（ぼう）	哭衣吸嗯玻一 ku.i.shi.n.bo.u.
食量小	少食（しょうしょく）	休一休哭 sho.u.sho.ku.
美食	グルメ	古嚕妹 gu.ru.me.
愛吃甜食的人	甘党（あまとう）	阿媽偷一 a.ma.to.u.

素食者	ベジタリアン	背基他哩阿嗯 be.ji.ta.ri.a.n.
偏食	偏食(へんしょく)	嘿嗯休哭 he.n.sho.ku.
請客	おごり	歐狗哩 o.go.ri.
大家平分	わりかん	哇哩咖嗯 wa.ri.ka.n.

三餐

餐	食事(しょくじ)	休哭基 sho.ku.ji.
飯、餐	ご飯(はん)	狗哈嗯 go.ha.n.
早餐	朝食(ちょうしょく)	秋一休哭 cho.u.cho.ku.
午餐(也可說ランチ)	昼食(ちゅうしょく)	去一休哭 chu.u.sho.ku.
晚餐(也可說ディナー)	夕食(ゆうしょく)	瘀一休哭 yu.u.sho.kku.
宵夜	夜食(やしょく)	呀休哭 ya.sho.ku.
正餐以外進食	間食(かんしょく)	咖嗯休哭 ka.n.sho.ku.
點心	おやつ	歐呀此 o.ya.tsu.

餐廳類型

餐廳（統稱）	レストラン	勒斯偷啦嗯 re.su.to.ra.n.
高級日式餐廳	りょうてい 料亭	溜一貼一 ryo.u.te.i.
居酒屋	いざかや 居酒屋	衣紮卡呀 i.za.ka.ya.
吃到飽	バイキング	巴衣 key 嗯古 ba.i.ki.n.gu.
日式平價餐廳	しょくどう 食堂	休哭兜一 sho.ku.do.u.
速食店	てん ファストフード店	發思偷夫一兜貼嗯 fa.su.to.fu.u.do.te.n.
咖啡廳	カフェ	咖非 ka.fe.
咖啡廳（傳統的、較老式的）	きっさてん 喫茶店	key‧撒貼嗯 ki.ssa.te.n.
攤販	やたい 屋台	呀他衣 ya.ta.i.
站著吃的	た　ぐ 立ち食い	他漆古衣 ta.chi.gu.i.
美食街	フードコート	夫一兜口一偷 fu.u.do.ko.o.to.
外送（也可說デリバリー）	でまえ 出前	爹媽せ de.ma.e.

用餐席位

吧台的位子	カウンター席（せき）	咖烏嗯他一誰 key ka.u.n.ta.a.se.ki.
一般桌位	テーブル席（せき）	貼一捕嚕誰 key te.e.bu.ru.se.ki.
和式座位	座敷（ざしき）	紮吸 key za.shi.ki.
包廂	個室（こしつ）	口吸此 ko.shi.tsu.
戶外座位	テラス席（せき）	貼啦思誰 key te.ra.su.se.ki.
靠窗的位子	窓際（まどぎわ）	媽兜個衣哇 ma.do.gi.wa.
靠牆的位子	壁際（かべぎわ）	咖背個衣哇 ka.be.gi.wa.
裡面的位子	中（なか）の席（せき）	拿咖 no 誰 key na.ka.no.se.ki.
併桌	相席（あいせき）	阿衣誰 key a.i.se.ki.
吸菸席	喫煙席（きつえんせき）	key 此せ嗯誰 key ki.tsu.e.n.se.ki.
禁菸席	禁煙席（きんえんせき）	key 嗯せ嗯誰 key ki.n.e.n.se.ki.
兒童椅	子（こ）ども椅子（いす）	口兜謀衣思 ko.do.mo.i.su.

預約

預約	予約（よやく）	優呀哭 yo.ya.ku.
網路預約	ネット予約（よやく）	內・偷優呀哭 ne.tto.yo.ya.ku.
預約都滿了	予約（よやく）がいっぱい	優呀哭嘎衣・趴衣 yo.ya.ku.ga.i.ppa.i.
人數	人数（にんずう）	你嗯資ー ni.n.zu.u.
變更	変更（へんこう）	嘿嗯口ー he.n.ko.u.
確認	確認（かくにん）	咖哭你嗯 ka.ku.ni.n.

點餐

菜單	メニュー	妹女ー me.nu.u.
中文菜單	中国語（ちゅうごくご）のメニュー	去ー狗哭狗 no 妹女ー chu.u.go.ku.go.no.me.nyu.u.
點餐	注文（ちゅうもん）	去ー謀嗯 chu.u.mo.n.
請給我~	～ください	哭搭撒衣 ku.da.sa.i.
餐券	食券（しょっけん）	休・開嗯 sho.kke.n.

吃到飽	食(た)べ放題(ほうだい)	他背吼一搭衣 ta.be.ho.u.da.i.
外帶（也可說テイクアウト）	持(も)ち帰(かえ)り	謀漆咖せ哩 mo.chi.ka.e.ri.
內用	ここで食(た)べる	口口爹他背嚕 ko.ko.de.ta.be.ru.
補～差額、再加～元	プラス～円(えん)	撲啦思／せ嗯 pu.ra.su./e.n.

用餐需求

大碗、大份量	大盛(おおも)り	歐一謀哩 o.o.mo.ri.
小碗、小份量	小盛(こも)り	口謀哩 ko.mo.ri.
正常份量	並盛(なみも)り	拿咪謀哩 na.mi.mo.ri.
續杯、再一碗	おかわり	歐咖哇哩 o.ka.wa.ri.
加麵	替(か)え玉(だま)	咖せ他媽 ka.e.da.ma.
去冰	氷抜(こおりぬ)き	口一哩奴 key ko.o.ri.nu.ki.
～請餐後上	～は食後(しょくご)で	哇休哭狗爹 wa.sho.ku.go.de.
全熟	よく焼(や)く	優哭呀哭 yo.ku.ya.ku.

五分熟	ミディアム	咪低阿母 mi.di.a.mu.
偏生的	レア	勒阿 re.a.

常見米食

米飯	ごはん	狗哈嗯 go.ha.n.
紅豆飯	赤飯（せきはん）	誰 key 哈嗯 se.ki.ha.n.
粥	お粥（かゆ）	歐咖瘀 o.ka.yu.
蓋飯	どんぶり	兜嗯捕哩 do.n.bu.ri.
牛肉蓋飯	牛丼（ぎゅうどん）	哥瘀一兜嗯 gyu.u.do.n.
雞肉丼	親子丼（おやこどん）	歐呀口兜嗯 o.ya.ko.do.n.
豬排蓋飯	カツ丼（どん）	咖此兜嗯 ka.tsu.do.n.
鰻魚蓋飯	うな丼（どん）	烏拿兜嗯 u.na.do.n.
海鮮蓋飯	海鮮丼（かいせんどん）	咖衣誰嗯兜嗯 ka.i.se.n.do.n.
蛋包飯	オムライス	歐母啦衣思 o.mu.ra.i.su.

紅酒牛肉飯	ハヤシライス	哈呀吸啦衣思 ha.ya.shi.ra.i.su.
西洋炒飯	ピラフ	披啦夫 pi.ra.fu.
燉飯	リゾット	哩走・偷 ri.zo.tto.

常見麵食

拉麵	ラーメン	啦一妹嗯 ra.a.me.n.
鹽味拉麵	塩(しお)ラーメン	吸歐啦一妹嗯 shi.o.ra.a.me.n.
味噌拉麵	みそラーメン	咪搜啦一妹嗯 mi.so.ra.a.me.n.
醬油拉麵	醤油(しょうゆ)ラーメン	休一瘀啦一妹嗯 sho.u.yu.ra.a.me.n.
豚骨拉麵	豚骨(とんこつ)ラーメン	偷嗯口此啦一妹嗯 to.n.ko.tsu.ra.a.me.n.
沾麵	つけ麺(めん)	此開妹嗯 tsu.ke.me.n.
日式炒麵	焼(や)きそば	呀 key 搜巴 ya.ki.so.ba.
中華涼麵	冷(ひ)やし中華(ちゅうか)	he 呀吸去一咖 hi.ya.shi.chu.u.ka.
烏龍冷麵(沾醬吃)	ざるうどん	紮嚕烏兜嗯 za.ru.u.do.n.

烏龍湯麵	かけうどん	咖開烏兜嗯 ka.ke.u.do.n.
豆皮烏龍麵	きつねうどん	key 此內烏兜嗯 ki.tsu.ne.u.do.n.
天婦羅烏龍麵	天(てん)ぷらうどん	貼嗯撲啦烏兜嗯 te.n.pu.ra.u.do.n.
月見烏龍麵(加蛋)	月見(つきみ)うどん	此 key 咪烏兜嗯 tsu.ki.mi.u.do.n.
山藥泥蕎麥麵	とろろそば	偷摟摟搜巴 to.ro.ro.so.ba.
蕎麥沾麵	ざるそば	紮嚕搜巴 za.ru.so.ba.
蕎麥湯麵	かけそば	咖開搜巴 ka.ke.so.ba.

湯類

湯	スープ	思一撲 su.u.pu.
味噌湯	味噌汁(みそしる)	咪搜吸嚕 mi.so.shi.ru.
豬肉蔬菜湯	豚汁(とんじる)	偷嗯基嚕 to.n.ji.ru.
玉米湯	コーンスープ	ㄇ一嗯思一撲 ko.o.n.su.u.pu.
巧達湯	チャウダー	掐烏搭一 cha.u.da.a.

洋蔥湯	オニオンスープ	歐你歐嗯思一撲 o.ni.o.n.su.u.pu.
義式蔬菜湯	ミネストローネ	咪內思偷摟一內 mi.ne.su.to.ro.o.ne.
泰式酸辣湯	トムヤムクン	偷母呀母哭嗯 to.mu.ya.n.ku.n.

日式餐點

日本料理	和食(わしょく)	哇休哭 wa.sho.ku.
壽司	寿司(すし)	思吸 su.shi.
火鍋	鍋(なべ)	拿背 na.be.
涮涮鍋	しゃぶしゃぶ	瞎捕瞎捕 sha.bu.sha.bu.
壽喜燒	すき焼(や)き	思 key 呀 key su.ki.ya.ki.
大阪燒	お好(この)み焼(や)き	歐口 no 咪呀 key o.ko.no.mi.ya.ki.
文字燒	もんじゃ焼(や)き	謀嗯加呀 key mo.n.ja.ya.ki.
章魚燒	たこ焼(や)き	他口呀 key ta.ko.ya.ki.
黑輪	おでん	歐爹嗯 o.de.n.

串炸	串揚げ（くしあ）	哭吸阿給 ku.shi.a.ge.
可樂餅	コロッケ	口摟．開 ko.ro.kke.
烤肉串	串焼き（くしや）	哭吸呀 key ku.shi.ya.ki.
烤肉	焼き肉（や・にく）	呀 key 你哭 ya.ki.ni.ku.
日式炸物	てんぷら	貼嗯撲啦 te.n.pu.ra.

肉類日式餐點

炸雞	唐揚げ（からあ）	咖啦阿給 ka.ra.a.ge.
豬排	トンカツ	偷嗯咖此 do.n.ka.tsu.
漢堡排	ハンバーグ	哈嗯巴一古 ha.n.ba.a.gu.
薑燒豬肉	豚の生姜焼き（ぶた・しょうが・や）	捕他 no 休一嘎呀 key bu.ta.no.sho.u.ga.ya.ki.
滷豬肉、東坡肉	豚の角煮（ぶた・かくに）	捕他 no 咖哭你 bu.ta.no.ka.ku.ni.
日式炸雞排	チキンカツ	漆 key 嗯咖此 chi.ki.n.ka.tsu.
炸肉餅	メンチカツ	妹嗯漆咖此 me.n.chi.ka.tsu.

海鮮類日式餐點

生魚片	さしみ 刺身	撒吸咪 sa.shi.mi.
烤魚	や　ざかな 焼き魚	呀 key 紮咖拿 ya.ki.za.ka.na.
烤花魚	や 焼きホッケ	呀 key 吼・開 ya.ki.ho.kke.
煮魚、燉魚	にざかな 煮魚	你紮咖拿 ni.za.ka.na.
鰤魚燉白蘿蔔	だいこん ブリ大根	捕哩搭衣口嗯 bu.ri.da.i.ko.n.
味噌滷鯖魚	さば　みそ　に 鯖の味噌煮	撒巴 no 咪搜你 sa.ba.no.mi.so.ni.
炸蝦	エビフライ	せ逼夫啦衣 e.bi.fu.ra.i.
炸牡蠣	カキフライ	咖 key 夫啦衣 ka.ki.fu.ra.i.
炸花枝	イカフライ	衣咖夫啦衣 i.ka.fu.ra.i.
花枝飯(花枝裡塞米飯)	いかめし	衣咖妹吸 i.ka.me.shi.

台式中式餐點

台灣料理	たいわんりょうり 台湾料理	他衣哇嗯溜一哩 ta.i.wa.n.ryo.u.ri.

炒飯	チャーハン	掐一哈嗯	cha.a.ha.n.
煎餃	餃子（ぎょうざ）	哥優一紮	gyo.u.za.
水餃	水餃子（すいぎょうざ）	思衣哥優一紮	su.i.gyo.u.za.
燒賣	シューマイ	噓一媽衣	shu.u.ma.i.
肉包子	肉（にく）まん	你哭媽嗯	ni.ku.ma.n.
水煎包	焼（や）き肉（にく）まん	呀 key 你哭媽嗯	ya.ki.ni.ku.ma.n.
餛飩	ワンタン	哇嗯他嗯	wa.n.ta.n.
小籠包	小籠包（しょうろんぽう）	休一摟嗯剖一	sho.u.ro.n.po.u.
排骨飯	パイコー飯（はん）	趴衣口一哈嗯	pa.i.ko.o.ha.n.
糖醋排骨	酢豚（すぶた）	思捕他	su.bu.ta.
麻婆豆腐	マーボー豆腐（どうふ）	媽一玻一兜一夫	ma.a.bo.o.do.u.fu.
乾燒蝦仁	エビチリ	せ逼漆哩	e.bi.chi.ri.
春捲	春巻（はるま）き	哈嚕媽 key	ha.ru.ma.ki.

叉燒	チャーシュー	掐一嘘一 cha.a.shu.u.
蘿蔔糕	大根（だいこん）もち	搭衣口嗯謀漆 da.i.ko.n.mo.chi.
香腸	腸詰（ちょうづ）め	秋一資妹 cho.u.zu.me.
烏魚子	からすみ	咖啦思咪 ka.ra.su.mi.

異國餐點

歐姆蛋	オムレツ	歐母勒此 o.mu.re.tsu.
牛排	ステーキ	思貼一 key su.te.e.ki.
咖哩	カレー	咖勒一 ka.re.e.
紅酒燉牛肉	ビーフシチュー	逼一夫吸去一 bi.i.fu.shi.chu.u.
焗烤	グラタン	古啦他嗯 gu.ra.ta.n.
披薩	ピザ	披紮 pi.za.

速食餐點

漢堡	ハンバーガー	哈嗯巴一嘎一 ha.n.ba.a.ga.a.

起士漢堡	チーズバーガー	漆一資巴一嘎 chi.i.zu.ba.a.ga.a.
照燒雞肉漢堡	照(て)り焼(や)きチキンバーガー	貼哩呀 key 漆 key 嗯巴一嘎一 te.ri.ya.ki.chi.ki.n.ba.a.ga.a.
米漢堡	ライスバーガー	啦衣思巴一嘎一 ra.i.su.ba.a.ga.a.
熱狗	ホットドッグ	吼・偷兜・古 ho.tto.do.ggu.
炸雞	フライドチキン	夫啦衣兜漆 key 嗯 fu.ra.i.do.chi.ki.n.
雞塊	チキンナゲット	漆 key 嗯拿給・偷 chi.ki.n.na.ge.tto.
薯條	ポテト	剖貼偷 po.te.to.
洋蔥圈	オニオンリング	歐你歐嗯哩嗯古 o.ni.o.n.ri.n.gu.

甜點

日式甜點、和果子	和菓子(わがし)	哇嘎吸 wa.ga.shi.
紅豆湯	ぜんざい	賊嗯紮衣 ze.n.za.i.
鯛魚燒	たい焼(や)き	他衣呀 key ta.i.ya.ki.
銅鑼燒	どら焼(や)き	兜啦呀 key do.ra.ya.ki.

日式甜餡餅	まんじゅう 饅頭	媽嗯居一 ma.n.ju.u.
包餡的麻薯	だいふく 大福	搭衣夫哭 da.i.fu.ku.
糯米丸子	だんご 団子	搭嗯狗 da.n.go.
羊羹	ようかん 羊羹	優一咖嗯 yo.u.ka.n.
布丁	プリン	撲哩嗯 pu.ri.n.
蛋糕	ケーキ	開一 key ke.e.ki.
(格狀)鬆餅	ワッフル	哇·夫嚕 wa.ffu.ru.
(圓片狀)鬆餅	パンケーキ	趴嗯開一 key pa.n.ke.e.ki.
馬卡龍	マカロン	媽咖摟嗯 ma.ka.ro.n.
泡芙	シュークリーム	噓一哭哩一母 shu.u.ku.ri.i.mu.
蜂蜜蛋糕	カステラ	咖思貼啦 ka.su.te.ra.
年輪蛋糕	バウムクーヘン	巴烏母哭一嘿嗯 ba.u.mu.ku.u.he.n.
(水果)塔	タルト	他嚕偷 ta.ru.to.

冰品

冰淇淋	アイスクリーム	阿衣思哭哩一母 a.i.su.ku.ri.i.mu.
霜淇淋	ソフトクリーム	搜夫偷哭哩一母 so.fu.to.ku.ri.i.mu.
冰棒	アイス キャンディー	阿衣思克呀嗯低一 a.i.su.kya.n.di.i.
奶昔	ミルクシェイク	咪嚕哭些一哭 mi.ru.ku.she.i.ku.
刨冰	カキ氷（ごおり）	咖 key 狗一哩 ka.ki.go.o.ri.
雪酪	シャーベット	瞎一背・偷 sha.a.be.tto.
聖代	パフェ	趴非 pa.fe.
抹茶紅豆冰	宇治金時（うじきんとき）	烏基 key 嗯偷 key u.ji.ki.n.to.ki.
星冰樂	フラペチーノ	夫啦呸漆一 no fu.ra.pe.chi.i.no.

零食

餅乾	クッキー	哭・key 一 ku.kki.i.
仙貝	せんべい	誰嗯背一 se.n.be.i.

洋芋片	ポテトチップス	剖貼偷漆・撲思 po.te.to.chi.ppu.su.
口香糖	ガム	嘎母 ga.mu.
巧克力	チョコレート	秋口勒一偷 cho.ku.re.e.to.
軟糖	グミ	古咪 gu.mi.
爆米花	ポップコーン	剖・撲口一嗯 po.ppu.ko.o.n.

飲料

飲料	ドリンク	兜哩嗯哭 do.ri.n.ku.
飲料	飲(の)み物(もの)	no 咪謀 no no.mi.mo.no.
水	水(みず)	咪資 mi.zu.
冰水	お冷(ひや)	歐 he 呀 o.hi.ya.
熱水	お湯(ゆ)	歐瘀 o.yu.
養樂多	ヤクルト	呀哭嚕偷 ya.ku.ru.to.
可爾必斯	カルピス	咖嚕披思 ka.ru.pi.su.

優格	ヨーグルト	優一古嚕偷 yo.o.gu.ru.to.
牛奶	牛乳（ぎゅうにゅう）	哥瘀一女一 gyu.u.nyu.u.
豆漿	豆乳（とうにゅう）	偷一女一 to.u.nyu.u.
可可亞	ココア	口口阿 ko.ko.a.
礦泉水	ミネラルウォーター	咪內啦嚕窩一他一 mi.ne.ra.ru.wo.o.ta.a.
百事可樂	ペプシ	呸撲吸 pe.pu.shi.
可口可樂	コカコーラ	口咖口一啦 ko.ka.ko.o.ra.
汽水	サイダー	撒衣搭一 sa.i.da.a.

茶類

茶	お茶（ちゃ）	歐掐 o.cha.
綠茶	緑茶（りょくちゃ）	溜哭掐 ryo.ku.cha.
紅茶	紅茶（こうちゃ）	口一掐 ko.u.cha.
抹茶	抹茶（まっちゃ）	媽．掐 ma.ccha.

烏龍茶	ウーロン茶（ちゃ）	烏一摟嗯掐 u.u.ro.n.cha.
烘焙茶	ほうじ茶（ちゃ）	吼一基掐 bo.u.ji.cha.
煎茶	煎茶（せんちゃ）	誰嗯掐 se.n.cha.
茉莉花茶	ジャスミンティー	加思咪嗯踢一 ja.su.mi.n.ti.i.
伯爵茶	アールグレイ	阿一嚕古勒一 a.a.ru.gu.re.i.
奶茶	ミルクティー	咪嚕哭踢一 mi.ru.ku.ti.i.
茶袋、茶包	ティーバッグ	踢一巴．古 ti.i.ba.ggu.

咖啡

咖啡	コーヒー	口一 he 一 ko.o.hi.i.
拿鐵	カフェラッテ	咖非啦．貼 ka.fe.ra.tte.
咖啡歐蕾	カフェオレ	咖非歐勒 ka.fe.o.re.
義式濃縮	エスプレッソ	せ思撲勒．搜 e.su.pu.re.sso.
卡布奇諾	カプチーノ	咖捕漆一 no ka.pu.chi.i.no.

摩卡咖啡	モカコーヒー	謀咖口－he－ mo.ka.ko.o.hi.i.
低咖啡因	デカフェ	爹咖非 de.ka.fe.
黑咖啡	ブラック	捕啦哭 bu.ra.kku.
招牌咖啡	ブレンド	捕勒嗯兜 bu.re.n.do.
即溶咖啡	インスタントコーヒー	衣嗯思他嗯偷口－he－ i.n.su.ta.n.to.ko.o.hi.i.
奶精、牛奶	ミルク	咪嚕哭 mi.ru.ku.

果汁

果汁	ジュース	居一思 ju.u.su.
葡萄汁	グレープジュース	古勒一撲居一思 gu.re.e.pu.ju.u.su.
柳橙汁	オレンジジュース	歐勒嗯基居一思 o.re.n.ji.ju.u.su.
蘋果汁	アップルジュース	阿．捕嚕居一思 a.ppu.ru.ju.u.su.
蔬菜汁	野菜(やさい)ジュース	呀撒衣居一思 ya.sa.i.ju.u.su.
番茄汁	トマトジュース	偷媽偷居一思 to.ma.to.ju.u.su.

酒類

啤酒	ビール	逼一嚕 bi.i.ru.
香檳	シャンパン	瞎嗯趴嗯 sha.n.pa.n.
酒精含量較低的調味酒	チューハイ	去一哈衣 chu.u.ha.i.
葡萄酒	ワイン	哇衣嗯 wa.i.n.
雞尾酒	カクテル	咖哭貼嚕 ka.ku.te.ru.
蒸餾酒、燒酒	焼酎（しょうちゅう）	休一去一 sho.u.chu.u.
梅酒	梅酒（うめしゅ）	烏梅噓 u.me.shu.
日本清酒	日本酒（にほんしゅ）	你吼嗯噓 ni.ho.n.shu.
威士忌	ウイスキー	烏衣思 key 一 u.i.su.ki.i.
威士忌加炭酸水	ハイボール	哈衣玻一嚕 ha.i.bo.o.ru.
白蘭地	ブランデー	捕啦嗯爹一 bu.ra.n.de.e.
兌水	水割り（みずわ）	咪資哇哩 mi.zu.wa.ri.

常見飲食連鎖店

肯德基	ケンタッキー	開嗯他・key 一 ke.n.ta.kki.i.
麥當勞	マクドナルド	媽哭兜拿嚕兜 ma.ku.do.na.ru.do.
摩斯漢堡	モスバーガー	謀思巴一嘎一 mo.su.ba.a.ga.a.
儂特利	ロッテリア	摟・貼哩阿 ro.tte.ri.a.
FIRST KITCH-EN 速食店	ファースト キッチン	發一思偷 key· 漆嗯 fa.a.su.to.ki.cchi.n.
吉野家牛丼店	吉野家（よしのや）	優吸 no 呀 yo.shi.no.ya.
SUKIYA 牛丼店	すき家（や）	思 key 呀 su.ki.ya.
羅多倫咖啡	ドトールコーヒー	兜偷一嚕口一 he 一 do.to.o.ru.ko.o.hi.i.
TULLY' S COFFEE	タリーズコーヒー	他哩一資口一 he 一 ta.ri.i.zu.ko.o.hi.i.
星巴克	スターバックス	思他一巴・哭思 su.ta.a.ba.kku.su.
KOMEDA 咖啡廳	コメダ珈琲店（こーひーてん）	口妹搭口一 he 一貼嗯 ko.me.da.ko.o.hi.i.te.n.
PRONTO 咖啡店	プロント	撲摟嗯偷 pu.ro.n.to.

烹飪

外食自炊

自己煮	じすい 自炊	基思衣	ji.su.i.
菜肴	おかず	歐咖資	o.ka.zu.
販賣的熟食	そうざい 惣菜	搜一紮衣	so.u.za.i.
便當	べんとう 弁当	背嗯偷一	be.n.to.u.
外食	がいしょく 外食	嘎衣休哭	ga.i.sho.ku.

烹調方式

烹調法	つく　かた 作り方	此哭哩咖他	tsu.ku.ri.ka.ta.
水煮	ゆでる	瘀爹嚕	yu.de.ru.
煎、烤	や 焼く	呀哭	ya.ku.
炸	あ 揚げる	阿給嚕	a.ge.ru.
炒	いためる	衣他妹嚕	i.ta.me.ru.

燉煮	煮（に）る	你嚕 ni.ru.
蒸	蒸（む）す	母思 mu.su.
醃漬	漬（つ）ける	此開嚕 tsu.ke.ru.
炊煮	炊（た）く	他哭 ta.ku.

食材處理

剝、剝皮	剥（む）く	母哭 mi.ku.
搗爛	つぶす	此捕思 tsu.bu.su.
磨	擂（す）る	思嚕 su.ru.
切片	薄切（うすぎ）り	烏思個衣哩 u.su.gi.ri.
切絲	千切（せんぎ）り	誰嗯個衣哩 se.n.gi.ri.
切碎	みじん切（ぎ）り	咪基嗯個衣哩 mi.ji.n.gi.ri.
洗	洗（あら）う	阿啦烏 a.ra.u.
包起來	包（つつ）む	此此母 tsu.tsu.mu.

攪拌	混ぜる（ま）	媽賊嚕 ma.ze.ru.

調味料

調味料	調味料（ちょうみりょう）	秋一咪溜一 cho.u.mi.ryo.u.
高湯	出汁（だし）	搭吸 da.shi.
鹽	塩（しお）	吸歐 shi.o.
糖	砂糖（さとう）	撒偷一 sa.to.u.
胡椒粉	こしょう	口休一 ko.sho.u.
味醂	みりん	咪哩嗯 mi.ri.n.
番茄醬	ケチャップ	開掐・撲 ke.cha.ppu.
山椒	山しょう（さん）	撒嗯休一 sa.n.sho.u.
醬油	しょうゆ	休一瘀 sho.u.yu.
辣椒	唐辛子（とうがらし）	偷一嘎啦吸 to.u.ga.ra.shi.
醋	酢（す）	思 su.

七味粉	七味（しちみ）	吸漆咪 shi.chi.mi.

營養素

營養	栄養（えいよう）	せー優ー e.i.yo.u.
維生素	ビタミン	逼他咪嗯 bi.ta.mi.n.
礦物質	ミネラル	咪內啦嚕 mi.ne.ra.ru.
鈣	カルシウム	咖嚕吸烏母 ka.ru.shi.u.mu.
蛋白質	たんぱく質（しつ）	他嗯趴哭吸此 ta.n.pa.ku.shi.tsu.
食物纖維	食物繊維（しょくもつせんい）	休哭謀此誰嗯衣 sho.ku.mo.tsu.se.n.i.
澱粉	炭水化物（たんすいかぶつ）	他嗯思衣咖捕此 ta.n.su.i.ka.bu.tsu.
熱量	カロリー	咖摟哩ー ka.ro.ri.i.

美味、難吃

美味極了	おいしい	歐衣吸ー o.i.shi.i.
好吃	うまい	烏媽衣 u.ma.i.

看起來很好吃	おいしそう	歐衣吸搜一 o.i.shi.so.u.
想吃	食(た)べたい	他背他衣 ta.be.ta.i.
不好吃	おいしくない	歐衣吸哭拿衣 o.i.shi.ku.na.i.
難吃	まずい	媽資衣 ma.zu.i.
奇怪的味道	変(へん)な味(あじ)	嘿嗯拿阿基 he.n.na.a.ji.
不想吃	食(た)べたくない	他背他哭拿衣 ta.be.ta.ku.na.i.

味道

清淡	薄味(うすあじ)	烏思阿基 u.su.a.ji.
重口味	濃(こ)い味(あじ)	口衣阿基 ko.i.a.ji.
很香	いい匂(にお)い	衣一你歐衣 i.i.ni.o.i.
味道太淡	味(あじ)が薄(うす)い	阿基嘎烏思衣 a.ji.ga.u.su.i.
沒什麼味道	味(あじ)がない	阿基嘎拿衣 a.ji.ga.na.i.
有腥味	生臭(なまぐさ)い	拿媽古撒衣 na.ma.gu.sa.i.

口感

很嫩的	柔(やわ)らかい	呀哇啦咖衣 ya.wa.ra.ka.i.
軟一點	柔(やわ)らかめ	呀哇啦咖妹 ya.wa.ra.ka.me.
硬的	硬(かた)い	咖他衣 ka.ta.i.
硬一點	硬(かた)め	咖他妹 ka.ta.me.
彈牙有嚼勁的	もちもち	謀漆謀漆 mo.chi.mo.chi.
酥脆的	ぱりぱり	趴哩趴哩 pa.ri.pa.ri.
鬆脆的	さくさく	撒哭散哭 sa.ku.sa.ku.
鬆軟的	ふわふわ	夫哇夫哇 fu.wa.fu.wa.
濃郁的	のうこう	no 一口一 no.u.ko.u.
濃稠的	とろとろ	偷摟偷摟 to.ro.to.ro.
多汁的	ジューシー	居一吸一 ju.u.shi.i.
有彈性	ぷりぷり	捕哩捕哩 pu.ri.pu.ri.

餐具

餐具	食器（しょっき）	休・key sho.kki.
餐叉	フォーク	否一哭 fo.o.ku.
筷子	箸（はし）	哈吸 ha.shi.
免洗筷	割り箸（わりばし）	哇哩巴吸 wa.ri.ba.shi.
筷架	箸置き（はしおき）	哈吸歐 key ha.shi.o.ki.
湯匙	スプーン	思撲一嗯 su.pu.u.n.
刀子	ナイフ	拿衣夫 na.i.fu.
盤子	お皿（さら）	歐撒啦 o.sa.ra.
分裝小盤	取り皿（とりざら）	偷哩紮啦 to.ri.za.ra.
碗	お椀（わん）	歐哇嗯 o.wa.n.
吸管	ストロー	思偷摟一 su.to.ro.o.
牙籤	爪楊枝（つまようじ）	此媽優一基 tsu.ma.yo.u.ji.

肉類食材

豬肉	ぶたにく 豚肉	捕他你哭	bu.ta.ni.ku.
雞肉	とりにく 鶏肉	偷哩你哭	to.ri.ni.ku.
鴨肉	にく かも肉	咖謀你哭	ka.mo.ni.ku.
羊肉	ラム	啦母	ra.mu.
牛肉	ビーフ	逼一夫	bi.i.fu.
牛肉	ぎゅうにく 牛肉	個瘀一你哭	gyu.u.ni.ku.
馬肉	ばにく 馬肉	巴你哭	ba.ni.ku.
絞肉	にく ひき肉	he key 你哭	hi.ki.ni.ku.
五花肉	にく ばら肉	巴啦你哭	ba.ra.ni.ku.
腿肉	にく もも肉	謀謀你哭	mo.mo.ni.ku.
腰內肉	ヒレ	he 勒	hi.re.
里肌	ロース	摟一思	ro.o.su.

內臟(也可說ホルモン)	もつ	謀此 mo.tsu.
蛋	たまご	他媽狗 ta.ma.go.

蔬菜類食材

蔬菜	野菜（やさい）	呀撒衣 ya.sa.i.
高麗菜	キャベツ	克呀背此 kya.be.tsu.
菠菜	ほうれん草（そう）	吼一勒嗯搜一 ho.u.re.n.so.u.
小松菜	小松菜（こまつな）	口媽此拿 ko.ma.tsu.na.
小黃瓜	きゅうり	Q一哩 kyu.u.ri.
綠色花椰菜	ブロッコリー	捕摟．口哩一 bu.ro.kko.ri.i.
青椒	ピーマン	披一媽嗯 pi.i.ma.n.
茄子	なす	拿思 na.su.
香菇	しいたけ	吸一他開 shi.i.ta.ke.
芹菜	セロリ	誰摟哩 se.ro.ri.

大白菜	はくさい 白菜	哈哭撒衣 ha.ku.sa.i.
萵苣	レタス	勒他思 re.ta.su.
玉米(也可說コーン)	とうもろこし	偷一謀摟口吸 to.u.mo.ro.ko.shi.
大蔥	なが 長ねぎ	拿嘎內個衣 na.ga.ne.gi.
番茄	トマト	偷媽偷 to.ma.to.
馬鈴薯	じゃがいも	加嘎衣謀 ja.ga.i.mo.
小芋頭	さといも	撒偷衣謀 sa.to.i.mo.
地瓜	さつまいも	撒此媽衣謀 sa.tsu.ma.i.mo.
紅蘿蔔	にんじん	你嗯基嗯 ni.n.ji.n.
白蘿蔔	だいこん 大根	搭衣口嗯 da.i.ko.n.

海鮮類食材

海鮮類	ぎょかいるい 魚介類	個優咖衣嚕衣 gyo.u.ka.i.ru.i.
鯖	さば	撒巴 sa.ba.

鮭	さけ	撒開 sa.ke.
鰻	うなぎ	烏拿個衣 u.na.gi.
鱈魚	たら	他啦 ta.ra.
明太子	明太子（めんたいこ）	妹嗯他衣口 me.n.ta.i.ko.
鮭魚子	いくら	衣哭啦 i.ku.ra.
鮪魚	マグロ	媽古摟 ma.gu.ro.
鯛魚	たい	他衣 ta.i.
河豚	ふぐ	夫古 fu.gu.
香魚	あゆ	阿瘀 a.yu.
小魚干	煮干し（にぼし）	你玻吸 ni.bo.shi.

水果

水果	果物（くだもの）	哭搭謀 no ku.da.mo.no.
蘋果	りんご	哩嗯狗 ri.n.go.

水蜜桃	もも	謀謀 mo.mo.
柑	みかん	咪咖嗯 mi.ka.n.
草莓	いちご	衣漆狗 i.chi.go.
櫻桃	さくらんぼ	撒哭啦嗯玻 sa.ku.ra.n.bo.
香蕉	バナナ	巴拿拿 ba.na.na.
葡萄	ぶどう	捕兜一 bu.do.u.
哈蜜瓜	メロン	妹摟嗯 me.ro.n.
奇異果	キウイ	key 烏衣 ki.u.i.
鳳梨	パイナップル	趴衣拿・撲嚕 pa.i.na.ppu.ru.
芒果	マンゴー	媽嗯狗一 ma.n.go.o.
西瓜	スイカ	思衣咖 su.i.ka.
梨	梨（なし）	拿吸 na.shi.
檸檬	レモン	勒謀嗯 re.mo.n.

柚	ゆず	瘀資 yu.zu.
葡萄柚	グレープフルーツ	古勒一撲夫嚕一此 ku.re.e.pu.fu.ru.u.tsu.

米麥類

米	お米（こめ）	歐口妹 o.ko.me.
五穀米	五穀米（ごこくまい）	狗口哭媽衣 go.ko.ku.ma.i.
玄米	玄米（げんまい）	給嗯媽衣 ge.n.ma.i.
麵條	めん	妹嗯 me.n.
烏龍麵	うどん	烏兜嗯 u.do.n.
蕎麥麵	そば	搜巴 so.ba.
冬粉	春雨（はるさめ）	哈嚕撒妹 ha.ru.sa.me.
米粉	ビーフン	逼一夫嗯 bi.i.fu.n.
日式麵線	そうめん	搜一妹嗯 so.u.me.n.
雞蛋麵(也可說たまごめん)	中華麵（ちゅうかめん）	去一咖妹嗯 chu.u.ka.me.n.

義大利麵	パスタ	趴思他 pa.su.ta.

堅果類

核桃	くるみ	哭嚕咪 ku.ru.mi.
杏仁	アーモンド	阿一謀嗯兜 a.a.mo.n.do.
栗子	栗（くり）	哭哩 ku.ri.
花生	ピーナッツ	披一拿・此 pi.i.na.ttsu.

麵包類

麵包	パン	趴嗯 pa.n.
全麵麵包	ライ麦（むぎ）パン	啦衣母個衣趴嗯 ra.i.mu.gi.pa.n.
土司	食（しょく）パン	休哭趴嗯 sho.ku.pa.n.
甜麵包	菓子（かし）パン	咖吸趴嗯 ka.shi.pa.n.
鹹麵包	惣菜（そうざい）パン	搜一紮衣趴嗯 so.u.za.i.pa.n.
三明治	サンドイッチ	撒嗯兜衣・漆 sa.n.do.i.cchi.

紅豆麵包	あんパン	阿嗯趴嗯 a.n.pa.n.
奶油麵包	クリームパン	哭哩一母趴嗯 ku.ri.i.mu.pa.n.
菠蘿麵包	メロンパン	妹摟嗯趴嗯 me.ro.n.pa.n.
可頌	クロワッサン	哭摟哇・撒嗯 ku.ro.wa.ssa.n.
法國麵包	フランスパン	夫啦嗯思趴嗯 fu.ra.n.su.pa.n.
貝果	ベーグル	背一古嚕 be.e.gu.ru.
甜甜圈	ドーナツ	兜一拿此 do.o.na.tsu.
司康	スコーン	思口一嗯 su.ko.o.n.

豆類

豆腐	豆腐（とうふ）	偷一夫 to.u.fu.
生腐皮	湯葉（ゆば）	瘀巴 yu.ba.
豆皮	油揚げ（あぶらあ）	阿捕啦阿給 a.bu.ra.a.ge.
油豆腐	厚揚げ（あつあ）	阿此阿給 a.tsu.a.ge.

豆渣	おから	歐咖啦 o.ka.ra.
豆	豆（まめ）	媽妹 ma.me.
納豆	納豆（なっとう）	拿・偷一 na.tto.u.
紅豆	あずき	阿資 key a.zu.ki.
黑豆	黒豆（くろまめ）	哭摟媽妹 ku.ro.ma.me.
蠶豆	そら豆（まめ）	搜啦媽妹 so.ra.ma.me.
豆芽菜	もやし	謀呀吸 mo.ya.shi.
豌豆	えんどう豆（まめ）	せ嗯兜一媽妹 e.n.do.u.ma.me.
四季豆	インゲン	衣嗯給嗯 i.n.ge.n.
毛豆	枝豆（えだまめ）	せ搭媽妹 e.da.ma.me.

小菜類

醃漬物	漬（つ）け物（もの）	此開謀 no tsu.ke.mo.no.
佃煮(用醬油砂糖滷過)	佃煮（つくだに）	此哭搭你 tsu.ku.da.ni.

日式酸梅	うめ ぼ 梅干し	烏妹玻吸 u.me.bo.shi.
蒟蒻	こんにゃく	口嗯娘哭 ko.n.nya.ku.
沙拉	サラダ	撒啦搭 sa.ra.da.
醋漬海澡	す もずく酢	謀資哭思 mo.zu.ku.su.
滷羊栖菜	にもの ひじきの煮物	he 基 key no 你謀 no hi.ji.ki.no.ni.mo.no.
黃蘿蔔	たくわん	他哭哇嗯 ta.ku.wa.n.

加工食品

即食包(如咖哩包、低卡調理包)	しょくひん レトルト食品	勒偷嚕偷休哭 he 嗯 re.to.ru.to.sho.ku.hi.n.
冷凍食品	れいとうしょくひん 冷凍食品	勒一偷一休哭 he 嗯 re.i.to.u.sho.ku.hi.n.
魚漿製品	ね もの 練り物	內哩謀 no ne.ri.mo.no.
肉丸	つくね	此哭內 tsu.ku.ne.
杯麵	カップラーメン	咖・撲啦一妹嗯 ka.ppu.ra.a.me.n.
速食麵	インスタント ラーメン	衣嗯思他嗯偷啦一妹嗯 i.n.su.ta.n.to.ra.a.me.n.

流行時尚

服裝

衣服	洋服（ようふく）	優一夫哭 yo.u.fu.ku.
服裝	服装（ふくそう）	夫哭搜一 fu.ku.so.u.
穿搭	コーディネート	口一低內一偷 ko.o.di.ne.e.to.
男裝（也可說メンズ）	紳士服（しんしふく）	吸嗯吸夫哭 shi.n.shi.fu.ku.
女裝（也可說レディース）	婦人服（ふじんふく）	夫基嗯夫哭 fu.ji.n.fu.ku.
童裝（也可說キッズ）	子供服（こどもふく）	口兜謀夫哭 ko.do.mo.fu.ku.
西裝、套裝	スーツ	思一此 su.u.tsu.
貼身衣物	肌着（はだぎ）	哈搭個衣 ha.da.gi.
內搭	インナー	衣嗯拿一 i.n.na.a.
女性禮服	ドレス	兜勒思 do.re.su.
居家服	ルームウェア	嚕一母喂阿 ru.u.mu.we.a.

睡衣	パジャマ	趴加媽 pa.ja.ma.

特殊服裝

制服	制服（せいふく）	誰一夫哭 se.i.fu.ku.
便服	普段着（ふだんぎ）	夫搭嗯個衣 fu.da.n.gi.
民族服飾	民族衣装（みんぞくいしょう）	咪嗯走哭衣休一 mi.n.zo.ku.i.sho.u.
喪服、參加葬禮的衣服	喪服（もふく）	謀夫哭 mo.fu.ku.
雨衣	レインコート	勒一嗯口一偷 re.i.n.ko.o.to.
運動服飾	スポーツウェア	思剖一此喂阿 su.po.o.tsu.we.a.
泳裝	水着（みずぎ）	咪資個衣 mi.zu.gi.
二手衣	古着（ふるぎ）	夫嚕個衣 fu.ru.gi.
內衣	下着（したぎ）	吸他個衣 shi.ta.gi.
胸罩	ブラジャー	捕啦加一 bu.ra.ja.a.
女性內褲	パンティー	趴嗯踢一 pa.n.ti.i.

束腹	ガードル	嘎一兜嚕 ga.a.do.ru.
四角內褲	トランクス	偷啦嗯哭思 to.ra.n.ku.su.
男性三角內褲	ブリーフ	捕哩一夫 bu.ri.i.fu.
圍裙	エプロン	せ撲摟嗯 e.pu.ro.n.
和服	着物（きもの）	key 謀 no ki.mo.no.
夏季和服	浴衣（ゆかた）	淤咖他 yu.ka.ta.
和服裙褲	袴（はかま）	哈咖媽 ha.ka.ma.

上衣類

上衣	トップス	偷．撲斯 to.ppu.su.
外套	アウター	阿烏他一 a.u.ta.a.
大衣	コート	ロ一偷 ko.o.to.
夾克	ジャケット	加開．偷 ja.ke.tto.
連帽薄外套	パーカー	趴一咖一 pa.a.ka.a.

風衣	トレンチコート	偷勒嗯漆口一偷 to.re.n.chi.ko.o.to.
羽絨衣	ダウンジャケット	搭烏嗯加開・偷 da.u.n.ja.ke.tto.
T 恤	T シャツ	踢瞎此 ti.sha.tsu.
襯衫	シャツ	瞎此 sha.tsu.
POLO 衫	ポロシャツ	剖摟瞎此 po.ro.sha.tsu.
女襯衫 (Blouse)	ブラウス	捕啦烏思 bu.ra.u.su.
長版衣	チュニック	去你・哭 chu.ni.kku.
坦克背心	タンクトップ	他嗯哭偷・撲 ta.n.ku.to.ppu.
背心	ベスト	背思偷 be.su.to.
披風	マント	媽嗯偷 ma.n.to.
斗篷	ケープ	開一撲 ke.e.pu.
羊毛衫	カーディガン	咖一低嘎嗯 ka.a.di.ga.n.
毛衣、針織衫	ニット	你・偷 ni.tto.

下身類

褲、裙	ボトムス	玻偷母斯 bo.to.mu.su.
褲子	ズボン	資玻嗯 zu.bo.n.
褲子、內褲	パンツ	趴嗯此 pa.n.tsu.
休閒褲	チノパン	添 no 趴嗯 chi.no.pa.n.
長褲	ロングパンツ	摟嗯古趴嗯此 ro.n.gu.pa.n.tsu.
熱褲	ショートパンツ	休一偷趴嗯此 sho.o.to.pa.n.tsu.
短褲、五分褲	ハーフパンツ	哈一夫趴嗯此 ha.a.fu.pa.n.tsu.
七分褲	クロップドパンツ	哭摟・撲兜趴嗯此 ku.ro.ppu.do.pa.n.tsu.
連身褲	サロペット	撒摟呸・偷 sa.ro.pe.tto.
內搭褲	レギンス	勒個衣嗯思 re.gi.n.su.
寬鬆的長褲	ヒッコリーパンツ	he・口哩一趴嗯此 hi.kko.ri.i.pa.n.tsu.
牛仔褲(也可說デニム)	ジーンズ	基一嗯資 ji.i.n.zu.

棉質運動褲	スウェットパンツ	思喂・偷趴嗯此 su.we.tto.pa.n.tsu.
海灘褲	海（かい）パン	咖衣趴嗯 ka.i.pa.n.
裙子	スカート	思咖一偷 su.ka.a.to.
窄裙	タイトスカート	他衣偷思咖一偷 ta.i.to.su.ka.a.to.
迷你裙	ミニスカート	咪你思咖一偷 mi.ni.su.ka.a.to.
長裙	ロングスカート	摟嗯古思咖一偷 ro.n.gu.su.ka.a.to.
長度到小腿肚的裙子	ミモレ丈（たけ）スカート	咪謀勒他開思咖一偷 mi.mo.re.ta.ke.su.ka.a.to.
連身裙	ワンピース	哇嗯披一思 wa.n.pi.i.su.

款式剪裁

高領（也可說ハイネック）	タートルネック	他一偷嚕內・哭 ta.a.to.ru.ne.kku.
肩寬	肩幅（かたはば）	咖他哈巴 ka.ta.ha.ba.
腰圍	ウエスト	烏せ思偷 u.e.su.to.
長度	丈（たけ）	他開 ta.ke.

短袖	はんそで 半袖	哈嗯搜爹 ha.n.so.de.
長袖	ながそで 長袖	拿嘎搜爹 na.ga.so.de.
無袖	そで 袖なし	搜爹拿吸 so.de.na.shi.
褲襠到褲腳的長度	またした 股下	媽他吸他 ma.ta.shi.ta.
七分	しちぶ 七分	吸漆部 shi.chi.bu.
五分	ごぶ 五分	狗部 go.bu.
顏色不同	いろちが 色違い	衣摟漆嘎衣 i.ro.chi.ga.i.
尺寸不同	ちが サイズ違い	撒衣資漆嘎衣 sa.i.zu.chi.ga.i.

服飾各部分

領子	えり 襟	せ哩 e.ri.
下擺、末端	すそ 裾	思搜 su.so.
袖子	そで 袖	搜爹 so.de.
胸口口袋	むね 胸ポケット	母內剖開・偷 mu.ne.po.ke.tto.

鈕釦	ボタン	玻他嗯 bo.ta.n.
拉鏈	ファスナー	發思拿一 fa.su.na.a.
魔鬼貼	マジックテープ	媽基・哭貼一撲 ma.ji.kku.te.e.pu.
襯裡	裏地（うらじ）	烏啦基 u.ra.ji.

尺寸大小

尺碼	サイズ	撒衣資 sa.i.zu.
大尺碼	大（おお）きいサイズ	歐一 key 一撒衣資 o.o.ki.i.sa.i.zu.
小尺碼	小（ちい）さいサイズ	漆一撒衣撒衣資 chi.i.sa.i.sa.i.zu.
大一號	一回（ひとまわ）り大（おお）きい	he 偷媽哇哩歐一 key 一 hi.to.ma.wa.ri.o.o.ki.i.
小一號	一回（ひとまわ）り小（ちい）さい	he 偷媽哇哩漆一撒衣 hi.to.ma.wa.ri.chi.i.sa.i.

鞋襪

高跟鞋	ハイヒール	哈衣 he 一嚕 ha.i.hi.i.ru.
靴子	ブーツ	捕一此 bu.u.tsu.

涼鞋	サンダル	撒嗯搭嚕 sa.n.da.ru.
高跟涼鞋	ミュール	咪瘀一嚕 my.u.ru.
淺口便鞋	パンプス	趴嗯撲思 pa.n.pu.su.
雨鞋	レインブーツ	勒衣嗯捕一此 re.i.n.bu.u.tsu.
皮鞋	革靴（かわぐつ）	咖哇古此 ka.wa.gu.tsu.
運動休閒鞋	スニーカー	思你一咖一 su.ni.i.ka.a.
鞋墊	インソール	衣嗯搜一嚕 i.n.so.o.ru.
襪子（也可說ソックス）	靴下（くつした）	哭此吸他 ku.tsu.shi.ta.
及膝襪	ニーソックス	你一搜．哭思 ni.i.so.kku.su.
隱形襪	カバーソックス	咖巴一搜．哭思 ka.ba.a.so.kku.su.
腳環	アンクレット	阿嗯哭勒．偷 a.n.ku.re.tto.
褲襪	タイツ	偷衣此 ta.i.tsu.
絲襪	ストッキング	思偷．key嗯古 su.to.kki.n.gu.

五指襪	五本指(ごほんゆび)ソックス	狗吼嗯瘀逼搜．哭思 go.ho.n.yu.bi.so.kku.su.

配件

手錶	腕時計(うでどけい)	烏爹兜開一 u.de.do.ke.i.
領帶	ネクタイ	內哭他衣 ne.ku.ta.i.
領帶夾	ネクタイピン	內哭他衣披嗯 ne.ku.ta.i.pi.n.
帽子	帽子(ぼうし)	玻一吸 bo.u.shi.
毛線帽	ニット帽(ぼう)	你．偷玻一 ni.tto.bo.u.
頭巾	バンダナ	巴嗯搭拿 ba.n.da.na.
圍巾	マフラー	媽夫啦一 ma.fu.ra.a.
大圍巾、披肩	ストール	思偷一嚕 su.to.o.ru.
領巾、絲巾	スカーフ	思咖一夫 su.ka.a.fu.
脖圍	ネックウォーマー	內．哭窩一媽一 ne.kku.wo.o.ma.a.
皮帶	ベルト	背嚕偷 be.ru.to.

吊帶	サスペンダー	撒思呸嗯搭一 sa.su.pe.n.da.a.
包包(也可說バッグ)	かばん	咖巴嗯 ka.ba.n.
行李箱、公事包	スーツケース	思一此開一思 su.u.tsu.ke.e.su.
皮夾	財布（さいふ）	撒衣夫 sa.i.fu.
零錢包	小銭入れ（こぜにいれ）	口賊你衣勒 ko.ze.ni.i.re.
化妝包	ポーチ	玻一漆 po.o.chi.
傘、雨傘	傘（かさ）	咖撒 ka.sa.
陽傘	日傘（ひがさ）	he 嘎撒 hi.ga.sa.
折傘	折（お）りたたみ傘（がさ）	歐哩他他咪嘎撒 o.ri.ta.ta.mi.ga.sa.
遮陽帽	サンバイザー	撒嗯巴衣紮一 sa.n.ba.i.za.a.
太陽眼鏡	サングラス	撒嗯古啦思 sa.n.gu.ra.su.
眼鏡	メガネ	妹嘎內 me.ga.ne.
手帕	ハンカチ	哈嗯咖漆 ha.n.ka.chi.

首飾

首飾、配件	アクセサリー	阿哭誰撒哩一 a.ku.se.sa.ri.i.
珠寶	ジュエリー	居せ哩一 ju.e.ri.i.
戒指（也可說リング）	指輪（ゆびわ）	瘀逼哇 yu.bi.wa.
對戒	ペアリング	呸阿哩嗯古 pe.a.ri.n.gu.
項鍊	ネックレス	內・哭勒思 ne.kku.re.su.
耳環（也可說イヤリング）	ピアス	披阿思 pi.a.su.
手環	ブレスレット	捕勒思勒・偷 bu.re.su.re.tto.
胸針	ブローチ	捕摟一漆 bu.ro.o.chi.
手鐲	バングル	巴嗯古嚕 ba.n.gu.ru.
鑽石	ダイヤモンド	搭衣呀謀嗯兜 da.i.ya.mo.n.do.
珍珠	パール	趴一嚕 pa.a.ru.
金	金（きん）	key 嗯 ki.n.

銀	銀（ぎん）	個衣嗯 gi.n.
白金	プラチナ	撲啦漆拿 pu.ra.chi.na.
紅寶石	ルビー	嚕逼一 ru.bi.i.
翡翠	翡翠（ひすい）	he 思衣 hi.su.i.
水鑽	ジルコニア	基嚕口你阿 ji.ru.ko.ni.a.
水晶（也可說クリスタル）	水晶（すいしょう）	思衣休一 su.i.sho.u.

衣料材質

絲	シルク	吸嚕哭 shi.ru.ku.
綿	綿（めん）	妹嗯 me.n.
麻	麻（あさ）	阿撒 a.sa.
亞麻	リンネル	哩嗯內嚕 ri.n.ne.ru.
喀什米爾羊毛	カシミア	咖吸咪阿 ka.shi.mi.a.
羊毛	ウール	烏一嚕 u.u.ru.

皮草	毛皮（けがわ）	開嘎哇 ke.ga.wa.
嫘縈	レーヨン	勒一優嗯 re.e.yo.n.
尼龍	ナイロン	拿衣摟嗯 na.i.ro.n.
聚脂纖維	ポリエステル	剖哩せ思貼嚕 po.ri.e.su.te.ru.
羽絨	ダウン	搭烏嗯 da.u.n.

修改

修改	寸法直し（すんぽうなお）	思嗯剖一拿歐吸 su.n.po.u.na.o.shi.
訂製	オーダーメイド	歐一搭一妹一兜 o.o.da.a.me.i.do.
袖子改短	袖（そで）を詰（つ）める	搜爹喔此妹嚕 so.de.o.tsu.me.ru.
肩寬改小	肩幅（かたはば）を詰（つ）める	咖他哈巴喔此妹嚕 ka.ta.ha.ba.o.tsu.me.ru.
(褲子)改短	裾上（すそあ）げ	思搜阿給 su.so.a.ge.
腰放寬	ウエストを ゆるくする	烏せ思偷喔瘀嚕哭思嚕 we.su.to.o.yu.ru.ku.su.ru.
改短	短（みじか）くする	咪基咖哭思嚕 mi.ji.ga.ku.su.ru.

增長	長くする（なが）	拿嘎哭思嚕 na.ga.ku.su.ru.
縫內口袋	内ポケットを付ける（うち・つ）	烏漆剖開．偷喔此開嚕 u.chi.po.ke.tto.o.tsu.ke.ru.
印上名字	名前を入れる（なまえ・い）	拿媽せ喔衣勒嚕 na.ma.e.o.i.re.ru.

膚質

皮膚	肌（はだ）	哈搭 ha.da.
皮膚乾燥	肌荒れ（はだあ）	哈搭阿勒 ha.da.a.re.
油性膚質	オイリー肌（はだ）	歐衣哩一哈搭 o.i.ri.i.ha.da.
乾性膚質	ドライ肌（はだ）	兜啦衣哈搭 do.ra.i.ha.da.
混合性膚質	混合肌（こんごうはだ）	口嗯狗一哈搭 ko.n.go.u.ha.da.
敏感型膚質	敏感肌（びんかんはだ）	逼嗯咖嗯哈搭 bi.n.ka.n.ha.da.
沒化妝、素顏	すっぴん	思．披嗯 su.ppi.n.
膚質很好	美肌（びはだ）	逼哈搭 bi.ha.da.
黑斑、暗沉	くすみ	哭思咪 ku.su.mi.

斑點	しみ	吸咪 shi.mi.
皺紋	しわ	吸哇 shi.wa.
毛孔	毛穴（けあな）	開阿拿 ke.a.na.
法令紋	ほうれい線（せん）	吼一勒一誰嗯 ho.u.re.i.se.n.
浮腫（也可說たるみ）	むくみ	母哭咪 mu.ku.mi.

臉部保養

化妝水	化粧水（けしょうすい）	開休一思衣 ke.sho.u.su.i.
乳液	ローション	摟一休嗯 ro.o.sho.n.
精華液	エッセンス	せ・誰嗯思 e.sse.n.su.
保濕霜	モイスチャー	謀衣思掐一 mo.i.su.cha.a.
乳霜	リッチクリーム	哩・漆哭哩一母 ri.cchi.ku.ri.i.mu.
眼部保養凝膠	アイジェル	阿衣接嚕 a.i.je.ru.
護唇膏	リップクリーム	哩・撲哭哩一母 ri.ppu.ku.ri.i.mu.

臉部保濕噴霧	スキンウォーター	思 key 嗯窩一他一 su.ki.n.wo.o.ta.a.
面膜	パック	趴．哭 pa.kku.
美白	美白（びはく）	逼哈哭 bi.ha.ku.
保濕	保湿（ほしつ）	吼吸此 ho.shi.tsu.
無添加香料	無香料（むこうりょう）	母口一溜一 mu.ko.u.ryo.u.
無添加物	無添加（むてんか）	母貼嗯咖 mu.te.n.ka.
抗老化	アンチエイジング	阿嗯漆せ一基嗯古 a.n.chi.e.i.ji.n.gu.

彩妝

化妝	化粧（けしょう）する	開休一思嚕 ke.sho.u.su.ru.
補妝	化粧（けしょう）を直（なお）す	開休一喔拿歐思 ke.sho.u.o.na.o.su.
卸妝	化粧（けしょう）を落（お）とす	開休一喔歐偷思 ke.sho.u.o.o.to.su.
粉餅	パウダーファンデーション	趴烏搭一發嗯爹一休嗯 pa.u.da.a.fa.n.de.e.sho.n.
粉底液	リキッドファンデーション	哩 key· 兜發嗯爹一休嗯 ri.ki.ddo.fa.n.de.e.sho.n.

蜜粉	フェイスパウダー	非一思趴烏搭一 fe.i.su.pa.u.da.a.
妝前乳	下地（したじ）	吸他基 shi.ta.ji.
眼線筆	アイライナー	阿衣啦衣拿一 a.i.ra.i.na.a.
睫毛膏	マスカラ	媽思咖啦 ma.su.ka.ra.
眼影	アイシャドウ	阿衣瞎兜一 a.i.sha.do.u.
假睫毛	つけまつげ	此開媽此給 tsu.ke.ma.tsu.ge.
腮紅	チーク	漆一哭 chi.i.ku.
唇彩	グロス	古摟思 gu.ro.su.
口紅	口紅（くちべに）	苦漆背你 ku.chi.be.ni.
遮瑕膏	コンシーラー	口嗯吸一啦一 ko.n.shi.i.ra.a.
雙眼皮膠	アイプチ	阿衣撲漆 a.i.pu.chi.

彩妝工具

刷具	ブラシ	捕啦吸 bu.ra.shi.

削筆器	シャープナー	瞎一撲拿一 sha.a.pu.na.a.
眼影刷	アイシャドウ ブラシ	阿衣瞎兜一捕啦吸 a.i.sha.do.u.bu.ra.shi.
眉刷	アイブロウ ブラシ	阿衣捕摟一捕啦吸 a.i.bu.ro.u.bu.ra.shi.
睫毛夾	ビューラー	逼瘀一啦一 bu.u.ra.a.
腮紅刷	チークブラシ	漆一哭捕啦吸 chi.i.ku.bu.ra.shi.
粉撲	パフ	趴夫 pa.fu.
海綿	スポンジ	思剖嗯基 su.po.n.ji.

清潔用品

洗面乳	洗顔料（せんがんりょう）	誰嗯嘎嗯溜一 se.n.ga.n.ryo.u.
香皂	石鹸（せっけん）	誰・開嗯 se.kke.n.
沐浴乳	ボディシャンプー	玻低瞎嗯撲一 bo.di.sha.n.pu.u.
卸妝油	クレンジング オイル	哭勒嗯基嗯古歐衣嚕 ku.re.n.ji.n.gu.o.i.ru.
卸妝紙巾	メイク落（お）とし シート	妹一哭歐偷吸吸一偷 me.i.ku.o.to.shi.shi.i.to.

磨砂膏	スクラブクリーム	思哭啦捕哭哩一母 su.ku.ra.bu.ku.ri.i.mu.
吸油面紙	油とり紙（あぶら がみ）	阿捕啦偷哩嘎咪 a.bu.ra.to.ri.ga.mi.
泡澡用入浴劑	入浴剤（にゅうよくざい）	女一優哭紮衣 nyu.u.yo.ku.za.i.
刮鬍刀	髭剃り（ひげそ）	he 給搜哩 hi.ge.so.ri.

身體保養防晒

身體乳	ボディローション	玻低摟一休嗯 bo.di.ro.o.sho.n.
爽身噴霧	パウダースプレー	趴烏搭一思撲勒一 pa.u.da.a.su.pu.re.e.
制汗劑	制汗剤（せいかんざい）	誰一咖嗯紮衣 se.i.ka.n.za.i.
防晒、防晒乳	日焼け止め（ひ や ど）	he 呀開兜妹 hi.ya.ke.do.me.
助晒劑	日焼けローション（ひ や）	he 呀開摟一休嗯 hi.ya.ke.ro.o.sho.n.
晒後鎮定乳液	クールローション	哭一嚕摟一休嗯 ku.u.ru.ro.o.sho.n.

美容

美容塑身（也可說エステティック）	エステ	せ思貼 e.su.te.

美容中心	エステサロン	せ思貼撒摟嗯 e.su.te.sa.ro.n.
美容師	エステティシャン	せ思貼踢瞎嗯 e.su.te.ti.sha.n.
做臉	フェイシャル	非一瞎嚕 fe.i.sha.ru.
按摩	マッサージ	媽・撒一基 ma.ssa.a.ji.
腳底按摩	足（あし）つぼマッサージ	阿吸此玻媽・撒一基 a.shi.tsu.bo.ma.ssa.a.ji.
除毛	脱毛（だつもう）	搭此謀一 da.tsu.mo.u.
舒緩放鬆	リラックス	哩啦・哭思 ri.ra.kku.su.
整骨	整骨（せいこつ）	誰一口此 se.i.ko.tsu.
整骨	整体（せいたい）	誰一他衣 se.i.ta.i.
用力一點	強（つよ）くして	此優哭吸貼 tsu.yo.ku.shi.te.
輕一點	弱（よわ）くして	優哇哭吸貼 yo.wa.ku.shi.te.
(力道)剛剛好	ちょうどいい	秋一兜衣一 cho.u.do.i.i.
三溫暖	サウナ	撒烏拿 sa.u.na.

按摩師	マッサージ師（し）	媽．撒一基吸 ma.ssa.a.ji.shi.
美容電器用品	美容家電（びようかでん）	逼優一咖爹嗯 bi.yo.u.ka.de.n.
健康電器用品	健康家電（けんこうかでん）	開嗯口一咖爹嗯 ke.n.ko.u.ka.de.n.
蒸臉器	スチーマー	思漆一媽一 su.chi.i.ma.a.
整型	整形（せいけい）	誰一開一 e.i.ke.i.
微整型	プチ整形（せいけい）	撲漆誰一開一 pu.chi.se.i.ke.i.

塑身

減肥	ダイエット	搭衣せ．偷 da.i.e.tto.
復胖	リバウンド	哩巴烏嗯兜 ri.ba.u.n.do.
健身、塑身	シェイプアップ	些一撲阿．撲 she.i.pu.a.ppu.
節食	食事制限（しょくじせいげん）	休哭基誰一給嗯 sho.ku.ji.se.i.ge.n.
斷食	断食（だんじき）	搭嗯基 key da.n.ji.ki.
肥胖	肥満（ひまん）	he 媽嗯 hi.ma.n.

雙下巴	二重（にじゅう）あご	你居一阿狗 ni.ju.u.a.go.
腰部曲線	くびれ	哭逼勒 ku.bi.re.
減肥食品	ダイエット食（しょく）	搭衣せ・偷休哭 da.i.e.tto.sho.ku.
體脂	体脂肪（たいしぼう）	他衣吸玻一 ta.i.shi.bo.u.
三圍	スリーサイズ	思哩一撒衣資 su.ri.i.sa.i.zu.
低卡	低（てい）カロリー	貼一咖摟哩一 te.i.ka.ro.ri.i.
健康食品	健康食品（けんこうしょくひん）	開嗯口一休哭 he 嗯 ke.n.ko.u.sho.ku.hi.n.
營養輔助食品	サプリメント	撒撲哩妹嗯偷 sa.pu.ri.me.n.to.

手足保養

護手霜	ハンドクリーム	哈嗯兜哭哩一母 ha.n.do.ku.ri.i.mu.
指甲油	ネイルカラー	內一嚕咖啦一 ne.i.ru.ka.ra.a.
美甲藝術	ネイルアート	內一嚕阿一偷 ne.i.ru.a.a.to.
指甲貼片	ネイルチップ	內一嚕漆・撲 ne.i.ru.chi.ppu.

指甲貼紙	ネイルシール	內一嚕吸一嚕 ne.i.ru.shi.i.ru.
磨甲棒（也說つめやすり）	ファイル	發衣嚕 fa.i.ru.
去光水	ネイルリムーバー	內一嚕哩母一巴一 ne.i.ru.ri.mu.u.ba.a.
足膜	フットマスク	夫·偷媽思哭 fu.tto.ma.su.ku.
磨腳石	軽石（かるいし）	咖嚕衣吸 ka.ru.i.shi.
指甲刀	爪切り（つめき）	此妹 key 哩 tsu.me.ki.ri.

香氛

香水	香水（こうすい）	口一思衣 ko.u.su.i.
古龍水	オーデコロン	歐一爹口摟嗯 o.o.de.ko.ro.n.
擦（香水）	つける	此開嚕 tsu.ke.ru.

髮型

髮型	髪型（かみがた）	咖咪嘎他 ka.mi.ga.ta.
梳頭髮	髪（かみ）をとかす	咖咪喔偷咖思 ka.mi.o.to.ka.su.

綁頭髮	髪(かみ)を結(むす)ぶ	咖咪喔母思捕 ka.mi.o.mu.su.bu.
瀏海	前髪(まえがみ)	媽せ嘎咪 ma.e.ga.mi.
直髮	ストレート	思偷勒一偷 su.to.re.e.to.
短髮	ショートヘア	休一偷嘿阿 sho.o.to.he.a.
長髮	ロングヘア	摟嗯古嘿阿 ro.n.gu.he.a.
中長髮	セミロング	誰咪摟嗯古 se.mi.ro.n.gu.
自然捲	くせ毛(げ)	哭誰給 ku.se.ge.
毛燥髮質	パサつき髪(がみ)	巴撒此 key 嘎咪 pa.sa.tsu.ki.ga.mi.
滑順	さらさら	撒啦撒啦 sa.ra.sa.ra.
分岔頭髮	えだげ	せ搭給 e.da.ge.
受損髮質	ダメージヘア	搭妹一基嘿阿 da.me.e.ji.he.a.
髮流	毛流(けなが)れ	開拿嘎勒 ke.na.ga.re.
髮尾	毛先(けさき)	開撒 key ke.sa.ki.

脖子部分的髮際	えりあし 襟足	せ哩阿吸 e.ri.a.shi.
鬢角	もみあげ	謀咪阿給 mo.mi.a.ge.
鬍子	ひげ	he 給 hi.ge.
髮量	かみ りょう 髪の量	咖咪 no 溜一 ka.mi.no.ryo.u.
禿頭	ハゲ	哈給 a.ge.

剪燙染髮

美髮師	びようし 美容師	逼優一吸 bi.yo.u.shi.
美髮沙龍	ヘアサロン	嘿阿撒摟嗯 he.a.sa.ro.n.
美髮院	びようしつ 美容室	逼優一吸此 bi.yo.u.shi.tsu.
燙髮	パーマ	趴一媽 pa.a.ma.
吹整	ブロー	捕摟一 bu.ro.o.
染髮	カラー	咖啦一 ka.ra.a.
修剪	すこ ととの 少し整える	思口吸偷偷 no せ嚕 su.ko.shi.to.to.no.e.ru.

剪髮	カット	咖・偷 ka.tto.
留長	のばす	no 巴思 no.ba.su.
染(髮)	そめる	搜妹嚕 so.me.ru.

美髮造型保養

梳子	ヘアブラシ	嘿阿捕啦吸 he.a.bu.ra.shi.
洗髮精	シャンプー	瞎嗯撲一 sha.n.pu.u.
潤髮乳	コンディショナー	口嗯低休拿一 ko.n.di.sho.na.a.
護髮乳	トリートメント	偷哩一偷妹嗯偷 to.ri.i.to.me.n.to.
噴霧式髮膠	ヘアスプレー	嘿阿思撲勒一 he.a.su.pu.re.e.
髮膠	ジェル	接嚕 je.ru.
髮腊	ワックス	哇・哭思 wa.kku.su.
平板夾	ヘアアイロン	嘿阿阿衣摟嗯 he.a.a.i.ro.n.
捲髮器	カールアイロン	咖一嚕阿衣摟嗯 ka.a.ru.a.i.ro.n.

接髮	エクステ	せ哭思貼 e.ku.su.te.
髮片	ヘアピース	嘿阿披一思 he.a.pi.i.su.
髮夾	髪留め（かみど）	咖咪兜妹 ka.mi.do.me.
有裝飾的髮夾	バレッタ	巴勒．他 ba.re.tta.
小髮夾	ヘアピン	嘿阿披嗯 he.a.pi.n.
髮箍	カチューシャ	咖去一瞎 ka.chu.u.sha.
髮帶	ヘアバンド	嘿阿巴嗯兜 he.a.ba.n.do.
髮圈、橡皮筋	ヘアゴム	嘿阿狗母 he.a.go.mu.
馬尾	ポニーテール	剖你一貼一嚕 po.ni.i.te.e.ru.
辮子	三つ編み（みっ・あ）	咪．此阿咪 mi.tsu.a.mi.
盤髮	まとめ髪（がみ）	媽偷妹嘎咪 ma.to.me.ga.mi.
光頭	坊主（ぼうず）	玻一資 bo.u.zu.
七三分西裝頭	七三分け（しちさんわ）	吸漆撒嗯哇開 shi.chi.sa.n.wa.ke.

購物

各類商場

購物	ショッピング	休・披嗯古	sho.ppi.n.gu.
百貨公司	デパート	爹趴一偷	de.pa.a.to.
免稅商店	免税店（めんぜいてん）	妹嗯賊一貼嗯	me.n.ze.i.te.n.
暢貨中心	アウトレット	阿烏偷勒・偷	a.u.to.re.tto.
商店街	商店街（しょうてんがい）	休一貼嗯嘎衣	sho.u.te.n.ga.i.
超級市場	スーパー	思一趴一	su.u.pa.a.
市場	市場（いちば）	衣漆巴	i.chi.ba.
DIY 家俱量販店	ホームセンター	吼一母誰嗯他一	ho.o.mu.se.n.ta.a.
大型購物中心	モール	謀一嚕	mo.o.ru.
精品店	セレクトショップ	誰勒哭偷休・撲	se.re.ku.to.sho.ppu.
專賣店	専門店（せんもんてん）	誰嗯謀嗯貼嗯	se.n.mo.n.te.n.

商店

藥粧店	ドラッグストア	兜啦·古思偷阿 do.ra.ggu.su.to.a.
藥局	薬局（やっきょく）	呀·克優哭 ya.kkyo.ku.
蔬菜店	八百屋（やおや）	呀歐呀 ya.o.ya.
酒商、賣酒的商店	酒屋（さかや）	撒咖呀 sa.ka.ya.
肉店	肉屋（にくや）	你哭呀 ni.ku.ya.
麵包店	パン屋（や）	趴嗯呀 pa.n.ya.
蛋糕店	ケーキ屋（や）	開一 key 呀 ke.e.ki.ya.
花店	花屋（はなや）	哈拿呀 ha.na.ya.
鐘錶店	時計屋（とけいや）	偷開一呀 to.ke.i.ya.
乾洗	クリーニング屋（や）	哭哩一你嗯古呀 ku.ri.i.ni.n.gu.ya.
文具店	文房具屋（ぶんぼうぐや）	捕嗯玻一古呀 bu.n.bo.u.gu.ya.
生活雜貨店	雑貨屋（ざっかや）	紮·咖呀 za.kka.ya.

家具店	家具店（かぐてん）	咖古貼嗯 ka.gu.te.n.
古董店	アンティークショップ	阿嗯踢一哭休・撲 a.n.ti.i.ku.sho.ppu.

日本常見商場

AEON 購物中心	イオンモール	衣歐嗯謀一嚕 i.o.n.mo.o.ru.
LALAPORT 購物中心	ららぽーと	啦啦剖一偷 ra.ra.po.o.to.
ITOYOKADO 購物商場	イトーヨーカドー	衣偷一優一咖兜一 i.to.o.yo.o.ka.do.o.
DAIEI 購物商場	ダイエー	搭衣せ一 da.i.e.e.
西友購物商場	西友（せいゆう）	誰一瘀一 se.i.yu.u.
YODOBASHI 家電量販店	ヨドバシカメラ	優兜巴吸咖妹啦 yo.do.ba.shi.ka.me.ra.
BIC CAMERA 家電量販店	ビックカメラ	逼・哭咖妹啦 bi.kku.ka.me.ra.
松本清藥妝店	マツモトキヨシ	媽此謀偷 key 優吸 ma.tsu.mo.to.ki.yo.shi.
宜得利家居	ニトリ	你偷哩 ni.to.ri.
LOFT	ロフト	摟夫偷 ro.fu.to.

東急 HANDS	東急ハンズ（とうきゅう）	偷一 Q 一哈嗯資 to.u.kyu.u.ha.n.zu.
唐吉訶德折扣商店	ドンキホーテ	兜嗯 key 吼一貼 do.n.ki.ho.o.te.

日本常見百貨

三越百貨	三越（みつこし）	咪此口吸 mi.tsu.ko.shi.
阪急百貨	阪急（はんきゅう）	哈嗯 Q 一 ha.n.kyu.u.
西武百貨	西武（せいぶ）	誰一捕 se.i.bu.
伊勢丹百貨	伊勢丹（いせたん）	衣誰他嗯 i.se.ta.n.
大丸百貨	大丸（だいまる）	搭衣媽嚕 da.i.ma.ru.
高島屋百貨	高島屋（たかしまや）	他咖吸媽呀 ta.ka.shi.ma.ya.
松坂屋百貨	松坂屋（まつざかや）	媽此紮咖呀 ma.tsu.za.ka.ya.

日本常見超商

便利商店	コンビニ	口嗯逼你 ko.n.bi.ni.
百元店	百均（ひゃっきん）	合呀 ·key 嗯 hya.kki.n.

車站賣報紙飲料的小商店	キヨスク	key 優思哭 ki.yo.su.ku.
LAWSON	ローソン	摟一搜嗯 ro.o.so.n.
7－11(簡稱セブン)	セブンイレブン	誰捕嗯衣勒捕嗯 se.bu.n.i.re.bu.n.
全家便利商店(簡稱ファミマ)	ファミリーマート	發咪哩一媽一偷 fa.mi.ri.i.ma.a.to.
OK 便利商店	サークル K	撒一哭嚕開一 sa.a.ku.ru.ke.
SUNKUS	サンクス	撒嗯哭思 sa.n.ku.su.
MINI STOP	ミニストップ	咪你思偷・撲 mi.ni.su.to.ppu.
DAILY YA-MAZAKI	デイリーヤマザキ	爹一哩一呀媽紮 key de.i.ri.i.ya.ma.za.ki.

賣場分區

賣場	売(う)り場(ば)	烏哩巴 u.ri.ba.
特賣場	催(もよお)し場(ば)	謀優一吸巴 mo.yo.o.shi.ba.
物產展	物産展(ぶっさんてん)	捕・撒嗯貼嗯 bu.ssa.n.te.n.
百貨地下街	デパ地下(ちか)	爹趴漆咖 de.pa.chi.ka.

~區	～コーナー	ㄈ一拿一 ko.o.na.a.

賣場設施

店員	店員（てんいん）	貼嗯衣嗯 te.n.i.n.
手推車	カート	咖一偷 ka.a.to.
籃子	かご	咖狗 ka.go.
結帳處	勘定場（かんじょうば）	咖嗯糾一巴 ka.n.jo.u.ba.
結帳櫃台	お会計（かいけい）	歐咖衣開一 o.ka.i.ke.i.
收銀機、櫃台	レジ	勒基 re.ji.
廣告單	チラシ	漆啦吸 chi.ra.shi.

營業時間

營業日	営業日（えいぎょうび）	せ一哥優一逼 e.i.gyo.u.bi.
休假日	定休日（ていきゅうび）	貼一Q一逼 te.i.kyu.u.bi.
全年無休	年中無休（ねんじゅうむきゅう）	內嗯居一母Q一 ne.n.ju.u.mu.kyu.u.

營業時間	えいぎょうじかん 営業時間	せー哥優ー基咖嗯 e.i.gyo.u.ji.ka.n.
營業中	えいぎょうちゅう 営業中	せー哥優ー去ー e.i.gyo.u.chu.u.
準備中	じゅんびちゅう 準備中	居嗯逼去ー ju.n.bi.chu.u.
晚上營業	やかんえいぎょう 夜間営業	呀咖嗯せー哥優ー ya.ka.n.e.i.gyo.u.
二十四小時營業	にじゅうよじかんえいぎょう 二十四時間営業	你居ー優基咖嗯せー哥優ー ni.ju.u.yo.ji.ka.n.e.i.gyo.u.
開店時間	かいてんじかん 開店時間	咖衣貼嗯基咖嗯 ka.i.te.n.ji.ka.n.
休息時間	へいてんじかん 閉店時間	嘿ー貼嗯基咖嗯 he.i.te.n.ji.ka.n.

產地保固

產地	げんさんち 原産地	給嗯撒嗯漆 ge.n.sa.n.chi.
原產國	げんさんこく 原産国	給嗯撒嗯口哭 ge.n.sa.n.ko.ku.
進口品	ゆにゅうひん 輸入品	瘀女ー he 嗯 yu.nyu.u.hi.n.
進口商	ゆにゅうがいしゃ 輸入会社	瘀女ー嘎衣瞎 yu.nyu.u.ga.i.sha.
保固期	ほしょうきかん 保証期間	吼休ー key 咖嗯 ho.sho.u.ki.ka.n.

保證書	保証書（ほしょうしょ）	吼休一休 ho.sho.u.sho.
故障	故障（こしょう）	口休一 ko.sho.u.

版本庫存

新款	新発売（しんはつばい）	吸嗯哈此巴衣 shi.n.ha.tsu.ba.i.
暢銷	人気商品（にんきしょうひん）	你嗯 key 休一 he 嗯 ni.n.ki.sho.u.hi.n.
經典款	定番（ていばん）	貼一巴嗯 te.i.ba.n.
超值商品（也可說おとく）	お買（か）い得（どく）	歐咖衣兜哭 o.ka.i.do.ku.
缺貨	品切（しなぎ）れ	吸拿個衣勒 shi.na.gi.re.
搶先販賣	先行販売（せんこうはんばい）	誰嗯口一哈嗯巴衣 se.n.ko.u.ha.n.ba.i.
期限內發行	期間限定（きかんげんてい）	key 咖嗯給嗯貼一 ki.ka.n.ge.n.te.i.
限定商品	限定品（げんていひん）	給嗯貼一 he 嗯 ge.n.te.i.hi.n.
折扣品	セール品（ひん）	誰一嚕 he 嗯 se.e.ru.hi.n.
試用品	試供品（しきょうひん）	吸克優一 he 嗯 shi.kyo.u.hi.n.

中文	日文	發音
展示品	展示品（てんじひん）	貼嗯基 he 嗯 te.n.ji.hi.n.
名品	ブランド品（ひん）	捕啦嗯兜 he 嗯 bu.ra.n.do.hi.n.
特別附的禮物	特典（とくてん）	偷哭貼嗯 to.ku.te.n.
小禮物	おまけ	歐媽開 o.ma.ke.

試吃試穿

中文	日文	發音
試穿	試着（しちゃく）	吸掐哭 shi.cha.ku.
試衣間	フィッティングルーム	夫衣踢嗯古嚕ㄧ母 fi.tti.n.gu.ru.u.mu.
試吃	試食（ししょく）	吸休哭 shi.sho.ku.
樣品	サンプル	撒嗯撲嚕 sa.n.pu.ru.
體驗組	お試し（ため）セット	歐他妹吸誰・偷 o.ta.me.shi.se.tto.
比較	比較（ひかく）	he 咖哭 hi.ka.ku.

折扣

中文	日文	發音
折扣拍賣	バーゲン	巴ㄧ給嗯 ba.a.ge.n.

折扣拍賣	セール	誰一嚕 se.e.ru.
降價	値引き（ねび）	內逼 key ne.bi.ki.
打九折	一割引（いちわりびき）	衣漆哇哩逼 key i.chi.wa.ri.bi.ki.
打八折	二割引（にわりびき）	你哇哩逼 key ni.wa.ri.bi.ki.
打七折	三割引（さんわりびき）	撒嗯哇哩逼 key sa.n.wa.ri.bi.ki.
打六折	四割引（よんわりびき）	優嗯哇哩逼 key yo.n.wa.ri.bi.ki.
打五折	五割引（ごわりびき）	狗哇哩逼 key go.wa.ri.bi.ki.
半價	半額（はんがく）	哈嗯嘎哭 ha.n.ga.ku.
折價換新	下取り（したど）	吸他兜哩 shi.ta.do.ri.
優待券	クーポン	哭一剖嗯 ku.u.po.n.

價格

價格	値段（ねだん）	內搭嗯 ne.da.n.
特價	特別価格（とくべつかかく）	偷哭背此咖咖哭 to.ku.be.tsu.ka.ka.ku.

均一價	きんいつ 均一	key 嗯衣此 ki.n.i.tsu.
定價	ていか 定価	貼一咖 te.i.ka.
免費(也可說ただ)	むりょう 無料	母溜一 mu.ryo.u.

包裝

禮品包裝	ラッピング	啦·披嗯古 ra.ppi.n.gu.
禮物	プレゼント	撲勒賊嗯偷 pu.re.ze.n.to.
禮品包裝	ほうそう ギフト包装	個衣夫偷吼一搜一 gi.fu.to.ho.u.so.u.
郵寄用包裝	ゆうそうようこんぽう 郵送用梱包	瘀一搜一優一口嗯玻一 yu.u.so.u.yo.u.ko.n.po.u.
自用	じたくよう 自宅用	基他哭優一 ji.ta.ku.yo.u.
紙袋	かみぶくろ 紙袋	咖咪捕哭摟 ka.mi.bu.ku.ro.
塑膠袋	ぶくろ ビニール袋	逼你一嚕捕哭摟 bi.ni.i.ru.bu.ku.ro.
分開	べつべつ 別々に	背此背此你 be.tsu.be.tsu.ni.
請裝一起	いっしょ　い 一緒に入れて	衣·休你衣勒貼 i.ssho.ni.i.re.te.

緞帶	リボン	哩玻嗯 ri.bo.n.
貼紙	シール	吸一嚕 shi.i.ru.

結帳退稅

付款	お会計（かいけい）	歐咖衣開一 o.ka.i.ke.i.
付現	現金（げんきん）	給嗯 key 嗯 ge.n.ki.n.
信用卡	クレジットカード	哭勒基．偷咖一兜 ku.re.ji.tto.ka.a.do.
只接受現金	現金（げんきん）のみ	給嗯 key 嗯 no 咪 ge.n.ki.n.no.mi.
服務費	サービス料（りょう）	撒一逼思溜一 sa.a.bi.su.ryo.u.
零錢	お釣（つ）り	歐此哩 o.tsu.ri.
收據	レシート	勒吸一偷 re.shi.i.to.
分期付款	分割払（ぶんかつばら）い	捕嗯咖此巴啦衣 bu.n.ka.tsu.ba.ra.i.
集點卡	ポイントカード	剖衣嗯偷咖一兜 po.i.n.to.ka.a.do.
免稅、退稅	免税（めんぜい）	妹嗯賊一 me.n.ze.i.

退稅櫃檯	めんぜい 免税カウンター	妹嗯賊ー咖烏嗯他ー me.n.ze.i.ka.u.n.ta.a.
消費稅	しょうひぜい 消費税	休ー he 賊ー sho.u.hi.ze.i.
可退稅商品	めんぜいたいしょう 免税対象	妹嗯賊ー他衣休ー me.n.ze.i.ta.i.sho.u.
不能退稅的商品	めんぜいたいしょうがい 免税対象外	妹嗯賊ー他衣休ー嘎衣 me.n.ze.i.ta.i.sho.u.ga.i.

訂退換貨

退貨	へんぴん 返品	嘿嗯披嗯 he.n.pi.n.
換貨	こうかん 交換	口ー咖嗯 ko.u.ka.n.
退錢	へんきん 返金	嘿嗯 key 嗯 he.n.ki.n.
賠償	べんしょう 弁償	背嗯休ー be.n.sho.u.
換貨	と　か 取り替える	偷哩咖せ嚕 to.ri.ka.e.ru.
買錯	まちが 間違って	媽漆嘎・貼 ma.chi.ga.tte.
不良品	ふりょうひん 不良品	夫溜ー he fu.ryo.u.hi.n.
壞了	こわ 壊れている	口哇勒貼衣嚕 ko.wa.re.te.i.ru.

公共設施

公共設施

各樓層簡介	フロアガイド	夫摟阿嘎衣兜 fu.ro.a.ga.i.do.
交通資訊	アクセス	阿哭誰思 a.ku.se.su.
電梯	エレベーター	せ勒背一他一 e.re.be.e.ta.a.
手扶梯	エスカレーター	せ思咖勒一他一 e.su.ka.re.e.ta.a.
寄物處	荷物預り所（にもつあずかりじょ）	你謀此阿資咖哩糾 ni.mo.tsu.a.zu.ka.ri.jo.
寄物櫃	コインロッカー	口衣嗯摟·咖一 ko.i.n.ro.kka.a.
吸菸室	喫煙室（きつえんしつ）	key 此せ嗯吸此 ki.tsu.e.n.shi.tsu.
公共廁所	公衆トイレ（こうしゅう）	口一噓一偷衣勒 ko.u.shu.u.to.i.re.
化粧室（空間較大供休息補粧）	パウダールーム	趴烏搭一嚕一母 pa.u.da.a.ru.u.mu.
公共電話	公衆電話（こうしゅうでんわ）	口一噓一爹嗯哇 ko.u.shu.u.de.n.wa.
兒童遊樂區	キッズコーナー	key·資口一拿一 ki.zzu.ko.o.na.a.

空中花園	屋上庭園（おくじょうていえん）	歐哭糾一貼一せ嗯 o.ku.jo.u.te.i.e.n.

公共空間標語

標誌	標識（ひょうしき）	合優一吸 key hyo.u.shi.ki.
公布欄	掲示板（けいじばん）	開一基巴嗯 ke.i.ji.ba.n.
公告、貼出的告示	張り紙（はりがみ）	哈哩嘎咪 ha.ri.ga.mi.
箭頭	矢印（やじるし）	呀基嚕吸 ya.ji.ru.shi.
告牌	告知板（こくちばん）	口哭漆巴嗯 ko.ku.chi.ba.n.
姓名牌	表札（ひょうさつ）	合優一撒此 hyo.u.sa.tsu.
施工中	工事中（こうじちゅう）	口一基去一 ko.u.ji.chu.u.
請勿觸摸	手（て）を触（ふ）れないでください	貼喔夫勒拿衣爹哭搭撒衣 te.o.fu.re.na.i.de.ku.da.sa.i.
小心火燭	火（ひ）の用心（ようじん）	he no 優一基嗯 hi.no.yo.u.ji.n.
緊急出口	非常口（ひじょうぐち）	he. 糾一古漆 hi.jo.o.gu.chi.
外出中	外出中（がいしゅつちゅう）	嘎衣嘘此去一 ga.i.chu.tsu.chu.u.

外出中	ふざいちゅう 不在中	夫紮衣去一 fu.za.i.chu.u.
維修中	こしょうちゅう 故障中	口休一去一 ko.sho.u.chu.u.
清潔中	せいそうちゅう 清掃中	誰一搜一去一 se.i.so.u.chu.u.
禁止進入	たちいりきんし 立入禁止	他漆衣哩 key 嗯吸 ta.chi.i.ri.ki.n.shi.
注意	ちゅうい 注意	去一衣 chu.u.i.
留意腳步	あしもとちゅうい 足元注意	阿吸謀偷去一衣 a.shi.mo.to.chu.u.i.
危險	きけん 危険	key 開嗯 ki.ke.n.
禁止拍照	さつえいきんし 撮影禁止	撒此せ一 key 嗯吸 sa.tsu.e.i.ki.n.shi.
禁帶	も こ きんし 持ち込み禁止	謀漆口咪 key 嗯吸 mo.chi.ko.mi.ki.n.shi.
禁止飲食	いんしょくきんし 飲食禁止	衣嗯休哭 key 嗯吸 i.n.sho.ku.ki.n.shi.
禁止吸菸	きんえん 禁煙	key 嗯せ嗯 ki.n.e.n.

公共機關

公共設施	こうきょうしせつ 公共施設	口一克優一吸誰此 ko.u.kyo.u.shi.se.tsu.

大使館	大使館（たいしかん）	他衣吸咖嗯 ta.i.shi.ka.n.
出入境管	入国管理局（にゅうこくかんりきょく）	女一口哭咖嗯哩克優哭 nyu.u.ko.ku.ka.n.ri.kyo.ku.
行政大樓	官庁（かんちょう）	咖嗯秋一 ka.n.cho.u.
公所、行政中心	役所（やくしょ）	呀哭休 ya.ku.sho.
圖書館	図書館（としょかん）	偷休咖嗯 to.sho.ka.n.
市民活動中心	市民会館（しみんかいかん）	吸咪嗯咖衣咖嗯 shi.mi.n.ka.i.ka.n.
市民活動會館	市民ホール（しみん）	吸咪嗯吼一嚕 shi.mi.n.ho.o.ru.
公園	公園（こうえん）	ㄎ一せ嗯 ko.u.e.n.
綠地	緑地（りょくち）	溜哭漆 ryo.ku.chi.
停車場	駐車場（ちゅうしゃじょう）	去一瞎糾一 chu.u.sha.jo.u.
教會	教会（きょうかい）	克優一咖衣 kyo.u.ka.i.
神社	神社（じんじゃ）	基嗯加 ji.n.ja.
殯儀館	斎場（さいじょう）	撒衣糾一 sa.i.jo.u.

金融郵政

銀行

金融機構	きんゆうきかん 金融機関	key 嗯瘀一 key 咖嗯 ki.n.yu.u.ki.ka.n.
銀行	ぎんこう 銀行	個衣嗯口一 gi.n.ko.u.
網路銀行	ネットバンク	內・偷巴嗯哭 ne.tto.ba.n.ku.
信用合作社	しんようきんこ 信用金庫	吸嗯優一 key 嗯口 shi.n.yo.u.ki.n.ko.u.
帳戶	こうざ 口座	口一紮 ko.u.za.
開戶	こうざ ひら 口座を開く	口一紮喔 he 啦哭 ko.u.za.o.hi.ra.ku.
存摺	つうちょう 通帳	此一秋一 tsu.u.cho.u.
存款	よきん 預金	優 key 嗯 yo.ki.n.
貸款	ローン	摟一嗯 ro.o.n.
利息	りし 利子	哩吸 ri.shi.
利率	きんり 金利	key 嗯哩 ki.n.ri.

儲蓄	貯金（ちょきん）	秋 key 嗯 cho.ki.n.
匯票	手形（てがた）	貼嘎他 te.ga.ta.
支票	小切手（こぎって）	口個衣・貼 ko.gi.tte.
跳票	不渡り（ふわたり）	夫哇他哩 fu.wa.ta.ri.

存提款

存款	預入（あずけいれ）	阿資開衣勒 a.zu.ke.i.re.
提款	引き出し（ひきだし）	he key 搭吸 hi.ki.da.shi.
提款	お金を下ろす（おかねをおろす）	歐咖內喔歐摟思 o.ka.ne.o.o.ro.su.
密碼	暗証番号（あんしょうばんごう）	阿嗯休一巴嗯狗一 a.n.sho.u.ba.n.go.u.
匯款	振込み（ふりこみ）	夫哩口咪 fu.ri.ko.mi.
變賣、折現	換金（かんきん）	咖嗯 key 嗯 ka.n.ki.n.
支付	お支払い（おしはらい）	歐吸哈啦衣 o.shi.ha.ra.i.
償還	返済（へんさい）	嘿嗯撒衣 he.n.sa.i.

延遲付款	延べ払い（の はら）	no 背巴啦衣 no.be.ba.ra.i.
餘額	残高（ざんだか）	紮嗯搭咖 za.n.da.ka.

日本主要銀行

日本銀行	日本銀行（にほんぎんこう）	你吼嗯個衣嗯口一 ni.ho.n.gi.n.ko.u.
郵政銀行	ゆうちょ銀行（ぎんこう）	瘀一秋個衣嗯口一 yu.u.cho.gi.n.ko.u.
MIZUHO 銀行	みずほ銀行（ぎんこう）	咪資吼個衣嗯口一 mi.zu.ho.gi.n.ko.u.
三菱東京銀行	三菱（みつびし） UFJ	咪此逼吸瘀一せ夫接一 mi.tsu.bi.shi.u.e.fu.je.
三井住友銀行	三井住友銀行（みついすみともぎんこう）	咪此衣思咪偷謀個衣嗯口一 mi.tsu.i.su.mi.to.mo.gi.n.ko.u.
新生銀行	新生銀行（しんせいぎんこう）	吸嗯誰一個衣嗯口一 shi.n.se.i.gi.n.ko.u.
AEON 銀行	イオン銀行（ぎんこう）	衣歐嗯個衣嗯口一 i.o.n.gi.n.ko.u.
SEVEN BANK	セブン銀行（ぎんこう）	誰捕嗯個衣嗯口一 se.bu.n.gi.n.ko.u.
樂天銀行	楽天銀行（らくてんぎんこう）	啦哭貼嗯個衣嗯口一 ra.ku.te.n.gi.n.ko.u.
花旗銀行	シティバンク	吸踢巴嗯哭 shi.ti.ba.n.ku.

郵務相關

寄件人	差出人（さしだしにん）	撒吸搭吸你嗯 sa.shi.da.shi.ni.n.
收件人	宛先（あてさき）	阿貼撒 key a.te.sa.ki.
郵地區號	郵便番号（ゆうびんばんごう）	瘀一逼嗯巴嗯狗一 yu.u.bi.n.ba.n.go.u.
信箱	メールボックス	妹一嚕玻・哭思 me.e.ru.bo.kku.su.
郵筒	郵便ポスト（ゆうびん）	瘀一逼嗯剖思偷 yu.u.bi.n.po.su.to.
郵資	送料（そうりょう）	搜一溜一 so.u.ryo.u.
收方補超重郵資	不足分着払（ふそくぶんちゃくばらい）	夫搜哭捕嗯掐哭巴啦衣 fu.so.ku.bu.n.cha.ku.ba.ra.i.
明信片	はがき	哈嘎 key ha.ga.ki.
明信片	ポストカード	剖思偷咖一兜 po.su.to.ka.a.do.
航空郵件	航空郵便（こうくうゆうびん）	口一哭一瘀一逼嗯 ko.u.ku.u.yu.u.bi.n.
國際郵件	国際郵便（こくさいゆうびん）	口哭撒衣瘀一逼嗯 ko.ku.sa.i.yu.u.bi.n.
掛號郵件	書留（かきとめ）	咖 key 偷妹 ka.ki.to.me.

快遞郵件	速達（そくたつ）	搜哭他此 so.ku.ta.tsu.
普通郵件	普通郵便（ふつうゆうびん）	夫此一瘀一逼嗯 fu.tsu.u.yu.u.bi.n.
郵票	切手（きって）	key·貼 ki.tte.
印刷品	印刷物（いんさつぶつ）	衣嗯撒此捕此 i.n.sa.tsu.bu.tsu.
包裹	小包（こづつみ）	口資此咪 ko.zu.tsu.mi.
國際宅配	国際宅配便（こくさいたくはいびん）	口哭撒衣他哭哈衣逼嗯 ko.ku.sa.i.ta.ku.ha.i.bi.n.
寄送到國外	海外発送（かいがいはっそう）	咖衣嘎衣哈·搜一 ka.i.ga.i.ha.sso.u.
特殊尺寸郵件	定形外郵便（ていけいがいゆうびん）	貼一開一嘎衣瘀一逼嗯 te.i.ke.i.ga.i.yu.u.bi.n.
宅配	宅配便（たくはいびん）	他哭哈衣逼嗯 ta.ku.ha.i.bi.n.
日本郵局便利箱	ゆうパック	瘀一趴·哭 yu.u.pa.kku.
佐川急便(宅配公司)	佐川急便（さがわきゅうびん）	撒嘎哇Q一逼嗯 sa.ga.wa.kyu.u.bi.n.
黑貓宅急便	クロネコ	哭摟內口 ku.ro.ne.ko.
郵務員	配達員（はいたついん）	哈衣他此衣嗯 ha.i.ta.tsu.i.n.

配送、投遞	配達（はいたつ）	哈衣他此	ha.i.ta.tsu.
配送、投遞	配送（はいそう）	哈衣搜一	ha.i.so.u.
貨到付款	着払（ちゃくばらい）	掐哭巴啦衣	cha.ku.ba.ra.i.
貨到付款	代金引換（だいきんひきかえ）	搭衣 key 嗯 he key 咖せ	da.i.ki.n.hi.ki.ka.e.

投資理財

投資	投資（とうし）	偷一吸	to.u.shi.
股票市場	株式市場（かぶしきしじょう）	咖捕吸 key 吸糾一	ka.bu.shi.ki.shi.jo.u.
交易	取引（とりひき）	偷哩 he key	to.ri.hi.ki.
股價指數	株価指数（かぶかしすう）	咖捕咖吸思一	ka.bu.ka.shi.su.u.
股票	株（かぶ）	咖捕	ka.bu.
債券	債券（さいけん）	撒衣開嗯	sa.i.ke.n.
共同基金	ミューチュアルファンド	咪瘀一去阿嚕發嗯兜	my.u.chu.a.ru.fa.n.do.
風險管理	リスク管理（かんり）	哩思哭咖嗯哩	ri.so.ku.ka.n.ri.

國民健康保險	こくみんけんこうほけん 国民健康保険	ㄇ哭咪嗯開嗯ㄇ一吼開嗯 ko.ku.mi.n.ke.n.ko.u.ho.ke.n.
壽險	せいめいほけん 生命保険	誰一妹一吼開嗯 se.i.me.i.ho.ke.n.
意外險	しょうがいほけん 傷害保険	休一嘎衣吼開嗯 sho.u.ga.i.ho.ke.n.
竊盜險	とうなんほけん 盗難保険	偷一拿嗯吼開嗯 to.u.na.n.ho.ke.n.

稅金

稅	ぜいきん 税金	賊一 key 嗯 ze.i.ki.n.
納稅人	のうぜいしゃ 納税者	no 一賊一瞎 no.u.ze.i.sha.
逃稅	だつぜい 脱税	搭此賊一 da.tsu.ze.i.
稅務	ぜいむ 税務	賊一母 ze.i.mu.
稅務署	ぜいむしょ 税務署	賊一母休 ze.i.mu.sho.
稅理士	ぜいりし 税理士	賊一哩吸 ze.i.ri.shi.
含稅	ぜいこ 税込み	賊一ㄇ咪 ze.i.ko.mi.
地方稅	ちほうぜい 地方税	漆吼一賊一 chi.ho.u.ze.i.

居民稅	じゅうみんぜい 住民税	居一咪嗯賊一 chu.u.mi.n.ze.i.
遺產稅	そうぞくぜい 相続税	搜一走哭賊一 so.u.zo.ku.ze.i.

經濟相關名詞

經濟	けいざい 経済	開一紮衣 ke.i.za.i.
通貨膨脹	インフレ	衣嗯夫勒 i.n.fu.re.
通貨緊縮	デフレ	爹夫勒 de.fu.re.
經濟繁榮	こうきょう 好況	口一克優一 ko.u.kyo.u.
不景氣	ふきょう 不況	夫克優一 fu.kyo.u.
經濟復蘇	けいきかいふく 景気回復	開一 key 咖衣夫哭 ke.i.ki.ka.i.fu.ku.
泡沫經濟	バブル	巴捕嚕 ba.bu.ru.
貿易	ぼうえき 貿易	玻一せ key bo.u.e.ki.
輸出	ゆしゅつ 輸出	瘀噓此 yu.shu.tsu.
輸入	ゆにゅう 輸入	瘀女一 yu.nyu.u.

交通

道路

交通	こうつう 交通	ㄏㄧ此ㄧ ko.u.tsu.u.
道路	どうろ 道路	兜ㄧ摟 do.u.ro.
高速公路	こうそくどうろ 高速道路	ㄏㄧ搜哭兜ㄧ摟 ko.u.so.ku.do.u.ro.
付費道路	ゆうりょうどうろ 有料道路	瘀ㄧ溜ㄧ兜ㄧ摟 yu.u.ryo.u.do.u.ro.
國道	こくどう 国道	ㄏ哭兜ㄧ ko.ku.do.u.
自行車專用道	じてんしゃせんよう 自転車専用	基貼嗯瞎誰嗯優ㄧ ji.te.n.sha.se.n.yo.u.
收費站	りょうきんじょ 料金所	溜ㄧ key 嗯糾 ryo.u.ki.n.jo.
通行費	つうこうりょうきん 通行料金	此ㄧㄏㄧ溜ㄧ key 嗯 tsu.u.ko.u.ryo.u.ki.n.
捷徑、抄小路	ぬ みち 抜け道	奴開咪漆 nu.ke.mi.chi.
捷徑	ちかみち 近道	漆咖咪漆 chi.ka.mi.chi.
大道	おおどお 大通り	歐ㄧ兜ㄧ哩 o.o.do.o.ri.

小巷	路地（ろじ）	摟基 ro.ji.
橋	橋（はし）	哈吸 ha.shi.
天橋	歩道橋（ほどうきょう）	吼兜－克優－ ho.do.u.kyo.u.
十字路	十字路（じゅうじろ）	居－基摟 ju.u.ji.ro.
路口	交差点（こうさてん）	口－撒貼嗯 ko.u.sa.te.n.

行進方式

走路	歩く（ある）	阿嚕哭 a.ru.ku.
跑	走る（はし）	哈吸嚕 ha.shi.ru.
散步	散歩する（さんぽ）	撒嗯剖思嚕 sa.n.po.su.ru.
以～方式去	～で行く（い）	爹衣哭 de.i.ku.
以～方式回去	～で帰る（かえ）	爹咖せ嚕 de.ka.e.ru.
坐上～	～に乗る（の）	你 no 嚕 ni.no.ru.
下～	～を降りる（お）	喔歐哩嚕 o.o.ri.ru.

過馬路	道路（どうろ）を渡（わた）る	兜一摟喔哇他嚕 do.u.ro.o.wa.ta.ru.
前進	進（すす）む	思思母 su.su.mu.
筆直地	まっすぐ	媽．思古 ma.ssu.gu.
轉彎	曲（ま）がる	媽嘎嚕 ma.ga.ru.
右轉	右折（うせつ）	烏誰此 u.se.tsu.
左轉	左折（させつ）	撒誰此 sa.se.tsu.
迴轉、返回	Uターン	瘀一他一嗯 yu.u.ta.a.n.
倒車、後退	バック	趴．哭 ba.kku.
通勤	通勤（つうきん）	此一 key 嗯 tsu.u.ki.n.

迷路問路

迷路	道（みち）に迷（まよ）った	咪漆你媽優．他 mi.chi.ni.ma.yo.tta.
迷路	迷子（まいご）になった	媽衣狗你拿．他 ma.i.go.ni.na.tta.
問路	道（みち）を聞（き）く	咪漆喔 key 哭 mi.chi.o.ki.ku.

~在哪裡	～はどこですか	哇兜口爹思咖 wa.do.ko.de.su.ka.
我想去~	～に行（い）きたいんですが	你衣 key 他衣嗯爹思嘎 ni.i.ki.ta.i.n.de.su.ga.
地圖マップ	地図（ちず）	漆資 chi.zu.
畫地圖	地図（ちず）を描（か）く	漆資喔咖哭 chi.zu.o.ka.ku.
導航	ナビ	拿逼 na.bi.
導航 APP	ナビアプリ	拿逼阿撲哩 na.bi.a.pu.ri.

步行

行人	歩行者（ほこうしゃ）	吼口一瞎 ho.ko.u.sha.
人行道	歩道（ほどう）	吼兜一 ho.do.u.
斑馬線	横断歩道（おうだんほどう）	歐一搭嗯吼兜一 o.u.da.n.ho.do.u.
行人專用區	歩行者天国（ほこうしゃてんごく）	吼口一瞎貼嗯狗哭 ho.ko.u.sha.te.n.go.ku.

開車

車	車（くるま）	哭嚕媽 ku.ru.ma.

汽車	じどうしゃ 自動車	基兜一瞎 ji.do.u.sha.
開車	うんてん 運転	烏嗯貼嗯 u.n.te.n.
兜風	ドライブ	兜啦衣捕 do.ra.i.bu.
駕照	うんてんめんきょ 運転免許	烏嗯貼嗯妹嗯克優 u.n.te.n.me.n.kyo.
國際駕照	こくさいめんきょ 国際免許	口哭撒衣妹嗯克優 ko.ku.sa.i.me.n.kyo.
有駕照不敢開	ペーパードライバー	呸一趴一兜啦衣巴一 pe.e.pa.a.do.ra.ba.a.
車道	しゃせん 車線	瞎誰嗯 sha.se.n.
限速	せいげんそくど 制限速度	誰一給嗯搜哭兜 se.i.ge.n.so.ku.do.
超速、未達速限	いはん スピード違反	思披一兜衣哈嗯 su.pi.i.do.i.ha.n.
加速	あ スピードを上げる	思披一兜喔阿給嚕 su.pi.i.do.o.a.ge.ru.
放慢速度	お スピードを落とす	思披一兜喔歐偷思 su.pi.i.do.o.o.to.su.
鳴喇叭	クラクションをならす	哭啦哭休嗯喔拿啦思 ku.ra.ku.sho.n.o.na.ra.su.
酒駕	いんしゅうんてん 飲酒運転	衣嗯噓一烏嗯貼嗯 i.n.shu.u.n.te.n.

疲勞駕駛	居眠り運転（いねむりうんてん）	衣內母哩烏嗯貼嗯 i.ne.mu.ri.u.n.te.n.
停車	駐車（ちゅうしゃ）	去一瞎 chu.u.sha.
倒車入庫	車庫入れ（しゃこいれ）	瞎口衣勒 sha.ko.i.re.
違規停車	駐車違反（ちゅうしゃいはん）	去一瞎衣哈嗯 chu.u.sha.i.ha.n.
駕訓班	自動車教習所（じどうしゃきょうしゅうじょ）	基兜一瞎克優一噓一糾 ji.do.u.sha.kyo.u.shu.u.jo.

車體零件

駕駛座	運転席（うんてんせき）	烏嗯貼嗯誰 key u.n.te.n.se.ki.
副駕駛座	助手席（じょしゅせき）	糾噓誰 key jo.shu.se.ki.
安全帶	シートベルト	吸一偷背嚕偷 shi.i.to.be.ru.to.
兒童座椅	チャイルドシート	掐衣嚕兜吸一偷 cha.i.ru.do.shi.i.to.
方向盤	ハンドル	哈嗯兜嚕 ha.n.do.ru.
引擎	エンジン	せ嗯基嗯 e.n.ji.n.
發動引擎	エンジンをかける	せ嗯基嗯喔咖開嚕 e.n.ji.n.o.ka.ke.ru.

關掉引擎	エンジンを切(き)る	せ嗯基嗯喔 key 嚕 e.n.ji.n.o.ki.ru.
引擎熄火	エンスト	せ嗯思偷 e.n.su.to.
油門	アクセル	阿哭誰嚕 a.ku.se.ru.
剎車	ブレーキ	捕勒ー key bu.re.e.ki.
檔	ギア	個衣阿 gi.a.
換檔	ギアチェンジ	個衣阿切嗯基 gi.a.che.n.ji.
手剎車	サイドブレーキ	撒衣兜捕勒ー key sa.i.do.bu.re.e.ki.
行李箱	トランク	偷啦嗯哭 to.ra.n.ku.
輪胎	タイヤ	他衣呀 ta.i.ya.
備胎	スペアタイヤ	思呸阿偷衣呀 su.pe.a.ta.i.ya.
爆胎	パンク	趴嗯哭 pa.n.ku.
車門沒關緊	半(はん)ドア	哈嗯兜阿 ha.n.do.a.
後照鏡	サイドミラー	撒衣兜咪啦ー sa.i.to.mi.ra.a.

行車導航	カーナビ	咖一拿逼 ka.a.na.bi.
行車紀錄器(也可說ドラレコ)	ドライブレコーダー	兜啦衣捕勒口一搭一 do.ra.i.bu.re.ko.o.da.a.

機車自行車

腳踏車	自転車（じてんしゃ）	基貼嗯瞎 ji.te.n.sha.
越野車	マウンテンバイク	媽烏嗯貼嗯巴衣哭 ma.u.n.te.n.ba.i.ku.
摩托車	バイク	巴衣哭 ba.i.ku.
輕型機車(也可說スクーター)	原付（げんつき）	給嗯此 key ge.n.tsu.ki.
安全帽	ヘルメット	嘿嚕妹．偷 he.ru.me.tto.
騎機車出遊	ツーリング	此一哩嗯古 tsu.u.ri.n.gu.
騎腳踏車出遊	サイクリング	撒衣哭哩嗯古 sa.i.ku.ri.n.gu.

加油站

加油站	ガソリンスタンド	嘎搜哩嗯思他嗯兜 ga.so.ri.n.su.ta.n.do.
加油	給油する（きゅうゆ）	Q 一瘀思嚕 kyu.u.yu.su.ru.

油錢	ガソリン代（だい）	嘎搜哩嗯搭衣 ga.so.ri.n.da.i.
沒油	ガソリン切（ぎ）れ	嘎搜哩嗯個衣勒 ga.so.ri.n.gi.re.
沒油	ガス欠（けつ）	嘎思開此 ga.su.ke.tsu.
燃料	燃料（ねんりょう）	內嗯溜一 ne.n.ryo.u.
煤油	灯油（とうゆ）	偷一瘀 to.u.yu.
柴油	軽油（けいゆ）	開一瘀 ke.i.yu.
無鉛汽油	レギュラー	勒哥瘀啦一 re.gyu.ra.a.
汽油	ガソリン	嘎搜哩嗯 ga.so.ri.n.
換機油	オイル交換（こうかん）	歐衣嚕口一咖嗯 o.i.ru.ko.u.ka.n.
加滿油	満（まん）タン	媽嗯他嗯 ma.n.ta.n.

租借交通工具

租車	レンタカー	勒嗯他咖一 re.n.ta.ka.a.
出租腳踏車	レンタルサイクル	勒嗯他嚕撒衣哭嚕 re.n.ta.ru.sa.i.ku.ru.

車子種類	車種（しゃしゅ）	瞎噓 sha.shu.
不同點還車	乗り捨て（のりすて）	no 哩思貼 no.ri.su.te.
接送	送迎（そうげい）	搜一給一 so.u.ge.i.

計程車

計程車	タクシー	他哭吸一 ta.ku.shi.i.
叫計程車	タクシーを拾う（ひろ）	他哭吸一喔 he 摟一 ta.ku.shi.o.hi.ro.u.
起跳金額	初乗運賃（はつのりうんちん）	哈此 no 哩烏嗯漆嗯 ha.tsu.no.ri.u.n.chi.n.
續跳金額	加算運賃（かさんうんちん）	咖撒嗯烏嗯漆嗯 ka.sa.n.u.n.chi.n.
計程車里程表	タクシーメーター	他哭吸一妹一他一 ta.ku.shi.i.me.e.ta.a.
空車	空車（くうしゃ）	古一瞎 ku.u.sha.
加成	割増（わりまし）	哇哩媽吸 wa.ri.ma.
夜間加成	深夜割増（しんやわりまし）	吸嗯呀哇哩媽吸 shi.n.ya.wa.ri.ma.shi.
讓我下車、停車	降ろしてください（お）	歐摟吸貼哭搭撒衣 o.ro.shi.te.ku.da.sa.i.

交通設施

車站	駅（えき）	せ key e.ki.
車站大樓	駅ビル（えき）	せ key 逼嚕 e.ki.bi.ru.
詢問處(也念成あんないじょ)	案内所（あんないしょ）	阿嗯拿衣休 a.n.na.i.sho.
候車室	待合室（まちあいしつ）	媽漆阿衣吸此 ma.chi.a.i.shi.tsu.
站員	駅員（えきいん）	せ key 一嗯 e.ki.i.n.
站	停留所（ていりゅうじょ）	貼一驢一糾 te.i.ryu.u.jo.
乘車處	のりば	no 哩巴 no.ri.ba.
航站、客運大樓	ターミナル	他一咪拿嚕 ta.a.mi.na.ru.
交流道	インターチェンジ	衣嗯他一切嗯基 i.n.ta.a.che.n.ji.
休息站	サービスエリア	撒一逼思せ哩阿 sa.a.bi.su.e.ri.a.

號誌設備

電線桿	電信柱（でんしんばしら）	爹嗯吸嗯巴吸啦 de.n.shi.n.ba.shi.ra.

紅綠燈	しんごう 信号	吸嗯狗一 shi.n.go.u.
行人優先	ほこうしゃゆうせん 歩行者優先	吼口一瞎瘀一誰嗯 ho.ko.u.sha.yu.u.se.n.
當心學童	つうがくろ 通学路	此一嘎哭摟 tsu.u.ga.ku.ro.
停車再開	いちじていし 一時停止	衣漆基貼一吸 i.chi.ji.te.i.shi.
禁止停車	ちゅうしゃきんし 駐車禁止	去一瞎 key 嗯吸 chu.u.sha.ki.n.shi.
慢行	じょこう 徐行	糾口一 jo.ko.u.
禁止穿越馬路	おうだんきんし 横断禁止	歐一搭嗯 key 嗯吸 o.u.da.n.ki.n.shi.
單向道	いっぽうつうこう 一方通行	衣・剖一此一口一 i.ppo.u.tsu.u.ko.u.
右側通行	みぎがわつうこう 右側通行	咪個衣嘎哇此一口一 mi.gi.ga.wa.tsu.u.ko.u.
前方道路終點	い　ど 行き止まり	衣 key 兜媽哩 i.ki.do.ma.ri.
禁止通行	つうこうど 通行止め	此一口一兜妹 tsu.u.ko.u.do.me.
腳踏車專用	じてんしゃせんよう 自転車専用	基貼嗯瞎誰嗯優一 ji.te.n.sha.se.n.yo.u.
行人專用	ほこうしゃせんよう 歩行者専用	吼口一瞎誰嗯優一 ho.ko.u.sha.se.n.yo.u.

停車再開	とまれ	偷媽勒 to.ma.re.
禁止右轉	右折禁止（うせつきんし）	烏誰此 key 嗯吸 u.se.tsu.ki.n.shi.
禁止左轉	左折禁止（させつきんし）	撒誰此 key 嗯吸 sa.se.tsu.ki.n.shi.
禁止超車	追い越し禁止（おいこしきんし）	歐衣口吸 key 嗯吸 o.i.ko.shi.ki.n.shi.

交通狀況

交通資訊	交通情報（こうつうじょうほう）	口一此一糾一吼一 ko.u.tsu.u.jo.u.ho.u.
塞車	渋滞（じゅうたい）	居一他衣 ju.u.ta.i.
意外、交通事故	事故（じこ）	基口 ji.ko.
人員掉落鐵軌的意外	人身事故（じんしんじこ）	基嗯吸嗯基口 ji.n.shi.n.ji.ko.
追撞	衝突（しょうとつ）	休一偷此 sho.u.to.tsu.
通勤尖峰時刻	通勤ラッシュ（つうきん）	此一 key 嗯啦．噓 tsu.u.ki.n.ra.sshu.
停在原地無法前進	立ち往生（たちおうじょう）	他漆歐一糾一 ta.chi.o.u.jo.u.
返鄉車潮	帰省ラッシュ（きせい）	key 誰一啦．噓 ki.se.i.ra.sshu.

搭機

航空公司	航空会社（こうくうがいしゃ）	口一哭一嘎衣瞎 ko.u.ku.u.ga.i.sha.
飛機	飛行機（ひこうき）	he 口一 key hi.ko.u.ki.
經濟艙	エコノミークラス	せ口 no 咪一哭啦思 e.ko.no.mi.i.ku.ra.su.
頭等艙	ファーストクラス	發一思偷哭啦思 fa.a.su.to.ku.ra.su.
商務艙	ビジネスクラス	逼基內思哭啦思 bi.ji.ne.su.ku.ra.su.
直昇機(也可說ヘリ)	ヘリコプター	嘿哩口撲他一 he.ri.ko.pu.ta.a.
滑行道	滑走路（かっそうろ）	咖．搜一摟 ka.sso.u.ro.
救生衣	救命胴衣（きゅうめいどうい）	Q 一妹一兜一衣 kyu.u.me.i.do.u.i.
順風	追い風（おいかぜ）	歐衣咖賊 o.i.ka.ze.
逆風	向かい風（むかいかぜ）	咪咖衣咖賊 mu.ka.i.ka.ze.
機師	パイロット	趴衣摟．偷 pa.i.ro.tto.
空姐、空少	客室乗務員（きゃくしつじょうむいん）	克呀哭吸此糾一母衣嗯 kya.ku.shi.tsu.jo.u.mu.i.n.

登機證	とうじょうけん 搭乗券	偷一糾一開嗯 to.u.jo.u.ke.n.
登機口	とうじょうぐち 搭乗口	偷一糾一古漆 to.u.jo.u.gu.chi.
飛機餐	きないしょく 機内食	key 拿衣休哭 ki.na.i.sho.ku.
耳機	イヤホン	衣呀吼嗯 i.ya.ho.n.
頸枕	くび 首まくら	哭逼媽哭啦 ku.bi.ma.ku.ra.
眼罩	アイマスク	阿衣媽思哭 a.i.ma.su.ku.

鐵路

火車	でんしゃ 電車	爹嗯瞎 de.n.sha.
地鐵	ちかてつ 地下鉄	漆咖貼此 chi.ka.te.tsu.
高速鐵路、新幹線	しんかんせん 新幹線	吸嗯咖嗯誰嗯 shi.n.ka.n.se.n.
簡易鐵道	れっしゃ トロッコ列車	偷摟・口勒・瞎 to.ro.kko.re.ssha.
特快	とっきゅう 特急	偷・Q一 to.kkyu.u.
快車	きゅうこう 急行	Q一口一 kyu.u.ko.u.

各站皆停的列車（較慢到達）	ふつう 普通	夫此一 fu.tsu.u.
路面電車	ろめんでんしゃ 路面電車	摟妹嗯爹嗯瞎 ro.me.n.de.n.sha.
單軌電車	モノレール	謀 no 勒一嚕 mo.no.re.e.ru.
磁浮列車	リニア	哩你阿 ri.ni.a.
剪票口	かいさつぐち 改札口	咖衣撒此古添 ka.i.sa.tsu.gu.chi.
月臺	ホーム	吼一母 ho.o.mu.
平交道	ふ　き 踏み切り	夫咪 key 哩 fu.mi.ki.ri.

日本主要鐵路公司

日本鐵道公司	じぇいあーる J　R	接一阿一嚕 je.i.a.a.ru.
三陸鐵路公司	さんりくてつどう 三陸鉄道	撒嗯哩哭貼此兜一 sa.n.ri.ku.te.tsu.do.u.
京成電鐵公司	けいせいでんてつ 京成電鉄	開一誰一爹嗯貼此 ke.i.se.i.de.n.te.tsu.
西武鐵路公司	せいぶてつどう 西武鉄道	誰一捕貼此兜一 se.i.bu.te.tsu.do.u.
小田急電鐵公司	おだきゅうでんてつ 小田急電鉄	歐搭 Q 一爹嗯貼此 o.da.kyu.u.de.n.te.tsu.

東京地下鐵公司	とうきょう 東京メトロ	偷一克優一妹偷摟 to.u.kyo.u.me.to.ro.
名古屋鐵路公司	めいてつ 名鉄	妹一貼此 me.i.te.tsu.
近畿日本鐵路公司	きんてつ 近鉄	key 嗯貼此 ki.n.te.tsu.
阪神電鐵公司	はんしんでんしゃ 阪神電車	哈嗯吸嗯爹嗯瞎 ha.n.shi.n.de.n.sha.
阪急電鐵公司	はんきゅうでんてつ 阪急電鉄	哈嗯 Q 一爹嗯貼此 ha.n.kyu.u.de.n.te.tsu.

公車

公共汽車	バス	巴思 ba.su.
夜間巴士	やこう 夜行バス	呀口一巴思 ya.ko.u.ba.su.
長途客車	こうそく 高速バス	口一搜哭巴思 ko.u.so.ku.ba.su.
市內短程公車	ろせん 路線バス	摟誰嗯巴思 ro.se.n.ba.su.
觀光巴士	かんこう 観光バス	咖嗯口一巴思 ka.n.ko.u.ba.su.
公車站	てい バス停	巴思貼一 ba.su.te.i.
公車駕駛	うんてんしゅ バス運転手	巴思烏嗯貼嗯噓 ba.su.u.n.te.n.shu.

停車	停車（ていしゃ）	貼一瞎 te.i.sha.
號碼牌	整理券（せいりけん）	誰一哩開嗯 se.i.ri.ke.n.
前門上車	前乗り（まえのり）	媽せ no 哩 ma.e.no.ri.
前門下車	前降り（まえおり）	媽せ歐哩 ma.e.o.ri.
同一票價區間	均一区間（きんいつくかん）	key 嗯衣此哭咖嗯 ki.n.i.tsu.ku.ka.n.
投錢箱	運賃箱（うんちんばこ）	烏嗯漆嗯巴口 u.n.chi.n.ba.ko.

船舶

船	船（ふね）	夫內 fu.ne.
郵輪	クルージング	哭嚕一基嗯古 ku.ru.u.ji.n.gu.
觀光船	遊覧船（ゆうらんせん）	瘀一啦嗯誰嗯 ka.ra.n.se.n.
遊艇、帆船	ヨット	優．偷 yo.tto.
渡船	渡船（とせん）	偷誰嗯 to.se.n.
渡輪	フェリー	非哩一 fe.ri.i.

碼頭	ふとう	夫偷一 fu.to.u.
靠岸	入港（にゅうこう）	女一口一 nyu.u.ko.u.
船艙	船室（せんしつ）	誰嗯吸此 se.n.shi.tsu.
港口	港（みなと）	咪拿偷 mi.na.to.
停靠港	停泊地（ていはくち）	貼一哈哭漆 te.i.ha.ku.chi.

班次時間

運行資訊	運行情報（うんこうじょうほう）	烏嗯口一糾一吼一 u.n.ko.u.jo.u.ho.u.
路線圖	路線図（ろせんず）	摟誰嗯資 ro.se.n.zu.
時刻表	時刻表（じこくひょう）	基口哭合優一 ji.ko.ku.hyo.u.
時刻表運行	ダイヤ	搭衣呀 da.i.ya.
頭班火車	始発列車（しはつれっしゃ）	吸哈此勒．瞎 shi.ha.tsu.re.ssha.
末班火車	最終列車（さいしゅうれっしゃ）	撒衣噓一勒．瞎 sa.i.shu.u.re.ssha.
末班火車	終電（しゅうてん）	噓一爹嗯 shu.u.de.n.

出發時間	出発時刻（しゅっぱつじこく）	噓・趴此基口哭 shu.ppa.tsu.ji.ko.ku.
到達時間	到着時刻（とうちゃくじこく）	偷一掐哭基口哭 to.u.cha.ku.ji.ko.ku.
出發地	出発地（しゅっぱつち）	噓・趴此漆 shu.ppa.tsu.chi.
目的地	行先（いきさき）	衣 key 撒 key i.ki.sa.ki.
轉乘車站、行經車站	経由駅（けいゆえき）	開一瘀せ key ke.i.yu.e.ki.
上行	上り（のぼり）	no 玻哩 no.bo.ri.
下行	下り（くだり）	哭搭哩 ku.da.ri.
停駛	運休（うんきゅう）	烏嗯 Q 一 u.n.kyu.u.
誤點	遅れ（おくれ）	歐哭勒 o.ku.re.
準時	定刻通り（ていこくどおり）	貼一口哭兜一哩 te.i.ko.ku.do.o.ri.

購票

售票處	切符売り場（きっぷうりば）	key・撲烏哩巴 ki.ppu.u.ri.ba.
車資	運賃（うんちん）	烏嗯漆嗯 u.n.chi.n.

金額	りょうきん 料金	溜一 key 嗯 ryo.u.ki.n.
特急以上車種額外車資	とっきゅうりょうきん 特急料金	偷・Q 一溜一 key 嗯 to.kkyu.u.ryo.u.ki.n.
JR 的購票窗口	まどぐち みどりの窓口	咪兜哩 no 媽兜古漆 mi.do.ri.no.ma.do.gu.chi.
車票	じょうしゃけん 乗車券	糾一瞎開嗯 jo.u.sha.ke.n.
車票	きっぷ 切符	key・撲 ki.ppu.
電子票券	でんし 電子チケット	爹嗯吸漆開・偷 de.n.shi.chi.ke.tto.
來回	おうふく 往復	歐一夫哭 o.u.fu.ku.
單程	かたみち 片道	咖他咪漆 ka.ta.mi.chi.
儲值卡	でんし 電子マネー	爹嗯吸媽內一 de.n.shi.ma.ne.e.
儲值	チャージ	掐一基 cha.a.ji.
補票機	せいさんき 精算機	誰一撒嗯 key se.i.sa.n.ki.
一日券(不限次數乘車)	いちにちじょうしゃけん 一日乗車券	衣漆你漆糾一瞎開嗯 i.chi.ni.chi.jo.u.sha.ke.n.
固定區間內不限次數乘車券	しゅうゆう 周遊きっぷ	嘘一瘀一 key・撲 shu.u.yu.u.ki.ppu.

退票、退錢	はら　もど 払い戻し	哈啦衣謀兜吸 ha.ra.i.mo.do.shi.
換(票)	へんこう 変更	嘿嗯口一 he.n.ko.u.
候補	ま キャンセル待ち	克呀嗯誰嚕媽漆 kya.n.se.ru.ma.chi.
行李收據	にもつ　ひか 荷物の控え	你謀此 no he 咖せ ni.mo.tsu.no.hi.ka.e.

搭乘、轉乘

換車	の　か 乗り換え	no 哩咖せ no.ri.ka.e.
坐過站	の　こ 乗り越し	no 哩口吸 no.ri.ko.shi.
坐錯車	の　まちが 乗り間違え	no 哩媽漆嘎せ no.ri.ma.chi.ga.e.
轉乘資訊	の　か　あんない 乗り換え案内	no 哩咖せ阿嗯拿衣 no.ri.ka.e.a.n.na.i.
轉機	の　つ 乗り継ぎ	no 哩此個衣 no.ri.tsu.gi.

座位

座位	せき 席	誰 key se.ki.
自由座	じゆうせき 自由席	基瘀一誰 key ji.yu.u.se.ki.

129

對號座	指定席（していせき）	吸貼一誰 key shi.te.i.se.ki.
博愛座	優先席（ゆうせんせき）	瘀一誰嗯誰 key yu.u.se.n.se.ki.
讓座	席（せき）を譲（ゆず）る	誰 key 喔瘀資嚕 se.ki.o.yu.zu.ru.

暈機暈車時差

暈車	車酔（くるまよ）い	哭嚕媽優衣 ku.ru.ma.yo.i.
暈船	船酔（ふなよ）い	夫拿優衣 fu.na.yo.i.
暈機	飛行機酔（ひこうきよ）い	he ㄈㄧ key 優衣 hi.ko.u.ki.yo.i.
暈車藥、止暈藥	酔（よ）い止（ど）め	優衣兜妹 yo.i.do.me.
頭暈	めまい	妹媽衣 me.ma.i.
想吐	吐（は）き気（け）	哈 key 開 ha.ki.ke.
頻打呵欠	生（なま）あくび	拿媽阿哭逼 na.ma.a.ku.bi.
時差不適	時差（じさ）ボケ	基撒玻開 ji.sa.bo.ke.
嘔吐袋	エチケット袋（ぶくろ）	せ漆開．偷捕哭摟 e.chi.ke.tto.bu.ku.ro.

健康

不適症狀

嘴破、口腔潰瘍	口内炎（こうないえん）	口一拿衣せ嗯 ko.na.i.e.n.
頭痛	頭痛（ずつう）	資此一 zu.tsu.u.
腰痛	腰痛（ようつう）	優一此一 yo.u.tsu.u.
胃痛	胃痛（いつう）	衣此一 i.tsu.u.
神經痛	神経痛（しんけいつう）	吸嗯開一此一 shi.n.ke.i.tsu.u.
疼痛	痛み（いた）	衣他咪 i.ta.mi.
流鼻血	鼻血が出る（はなぢ、で）	哈拿基嘎爹嚕 ha.na.ji.ga.de.ru.
手腳發麻	しびれ	吸逼勒 shi.bi.re.
冒冷汗	冷や汗（ひ、あせ）	he 呀阿誰 hi.ya.a.se.
心悸	動悸（どうき）	兜一 key do.u.ki.
肩頸僵硬	肩こり（かた）	咖他口哩 ka.ta.ko.ri.

脹氣	お腹（なか）がはる	歐拿咖嘎哈嚕 o.na.ka.ga.ha.ru.
胃脹、消化不良	胃（い）もたれ	衣謀他勒 i.mo.ta.re.
食物中毒	食中毒（しょくちゅうどく）	休哭去一兜哭 sho.ku.chu.u.do.ku.
腸胃炎	胃腸炎（いちょうえん）	衣秋一せ嗯 i.cho.u.e.n.
針眼	ものもらい	謀 no 謀啦衣 mo.no.mo.ra.i.
蚊蟲咬傷	虫刺（むしさ）され	母吸撒撒勒 mu.shi.sa.sa.re.

感冒

感冒	風邪（かぜ）	咖賊 ka.ze.
流行性感冒	インフルエンザ	衣嗯夫嚕せ嗯紮 i.n.fu.ru.e.n.za.
體溫	体温（たいおん）	他衣歐嗯 ta.i.o.n.
溫度	温度（おんど）	歐嗯兜 o.n.do.
發燒	発熱（はつねつ）	哈此內此 ha.tsu.ne.tsu.
正常體溫	平熱（へいねつ）	嘿一內此 he.i.ne.tsu.

中文	日文	發音
高燒	高熱（こうねつ）	口一內此 ko.u.ne.tsu.
稍微發燒	微熱（びねつ）	逼內此 bi.ne.tsu.
咳嗽	咳（せき）	誰 key se.ki.
鼻水	鼻水（はなみず）	哈拿咪資 ha.na.mi.zu.
鼻塞	鼻詰まり（はなづ）	哈拿資媽哩 ha.na.zu.ma.ri.
痰	たん	他嗯 ta.n.

過敏受傷

中文	日文	發音
過敏	アレルギー	阿勒嚕個衣一 a.re.ru.gi.i.
過敏	過敏症（かびんしょう）	咖逼嗯休一 ka.bi.n.sho.u.
花粉症	花粉症（かふんしょう）	咖夫嗯休一 ka.fu.n.sho.u.
蕁麻疹	じんましん	基嗯媽吸嗯 ji.n.ma.shi.n.
異位性皮膚炎	アトピー	阿偷逼一 a.to.bi.i.
癢	痒み（かゆ）	咖瘀咪 ka.yu.mi.

Track 131

中文	日文	發音
受傷	けが	開嘎 ke.ga.
傷、傷口、傷痕	きず 傷	key 資 ki.zu.
凍傷	しもやけ	吸謀呀開 shi.mo.ya.ke.
乾裂傷	あかぎれ	阿咖個衣勒 a.ka.gi.re.
燙傷、燒傷	やけど	呀開兜 ya.ke.do.
跌傷	だぼくしょう 打撲傷	搭玻哭休一 da.bo.ku.sho.u.
擦傷	す　きず 擦り傷	思哩 key 資 su.ri.ki.zu.
抓傷	か　きず 掻き傷	咖 key key 資 ka.ki.ki.zu.
刺傷	つ　きず 突き傷	此 key key 資 tsu.ki.ki.zu.
割傷	き　きず 切り傷	key 哩 key 資 ki.ri.ki.zu.
傷疤	きずあと 傷跡	key 資阿偷 ki.zu.a.to.
水泡	みず 水ぶくれ	咪資捕哭勒 mi.zu.bu.ku.re.
扭傷	ねんざ	內嗯紮 ne.n.za.

脫臼	だっきゅう 脱臼	搭・Q一 da.kkyu.u.
骨折	こっせつ 骨折	口・誰此 ko.sse.tsu.

慢性病

文明病	せいかつしゅうかんびょう 生活習慣病	誰一咖此噓一咖嗯逼優一 se.i.ka.tsu.shu.u.ka.n.byo.u.
心臟病	しんぞうびょう 心臓病	吸嗯走一逼優一 shi.n.zo.u.byo.u.
糖尿病	とうにょうびょう 糖尿病	偷一妞一逼優一 to.u.nyo.u.byo.u.
高血壓	こうけつあつ 高血圧	口一開此阿此 ko.u.ke.tsu.a.tsu.
肥胖	ひまん 肥満	he 媽嗯 hi.ma.n.
代謝症候群	メタボリックシンドローム	妹他玻哩・哭吸嗯兜摟一母 me.ta.bo.ri.kku.shi.n.do.ro.o.mu.
血脂濃度	コレステロール値（ち）	口勒思貼摟一嚕漆 ko.re.su.te.ro.o.ru.chi.
癌	がん	嘎嗯 ga.n.
痛風	つうふう 痛風	此一夫一 tsu.u.fu.u.
中風	のうそっちゅう 脳卒中	no 一搜・去一 no.u.so.cchu.u.

憂鬱症	うつ病（びょう）	烏此逼優一 u.tsu.byo.u.

常見藥品

藥劑師	薬剤師（やくざいし）	呀哭紮衣吸 ya.ku.za.i.shi.
急救箱	救急箱（きゅうきゅうばこ）	Q－Q－巴口 kyu.u.kyu.u.ba.ko.
處方藥	処方薬（しょほうやく）	休吼一呀哭 sho.ho.u.ya.ku.
藥粉	粉薬（こなぐすり）	口拿古思哩 ko.na.gu.su.ri.
錠狀藥	錠剤（じょうざい）	糾一紮衣 jo.u.za.i.
膠囊	カプセル	咖撲誰嚕 ka.pu.se.ru.
藥水	飲み薬（のみぐすり）	no 咪古思哩 no.mi.gu.su.ri.
貼布	貼り薬（はりぐすり）	哈哩古思哩 ha.ri.gu.su.ri.
漱口藥水	うがい薬（ぐすり）	烏嘎衣古思哩 u.ga.i.gu.su.ri.
藥膏	塗り薬（ぬりぐすり）	奴哩古思哩 nu.ri.gu.su.ri.
軟膏	軟膏（なんこう）	拿嗯口一 na.n.ko.u.

中文	日文（假名）	空耳	拼音
痠痛貼布	湿布（しっぷ）	吸・撲	shi.ppu.
感冒藥	風邪薬（かぜぐすり）	咖賊古思哩	ka.ze.gu.su.ri.
胃腸藥	胃腸薬（いちょうやく）	衣秋一呀哭	i.cho.u.ya.ku.
瀉藥	便秘薬（べんぴやく）	背嗯披呀哭	be.n.pi.ya.ku.
眼藥水	目薬（めぐすり）	妹古思哩	me.gu.su.ri.
安眠藥	睡眠薬（すいみんやく）	思衣咪嗯呀哭	su.i.mi.n.ya.ku.
止痛藥	痛み止め（いたみどめ）	衣他咪兜妹	i.ta.mi.do.me.
退燒藥	解熱剤（げねつざい）	給內此紮衣	ge.ne.tsu.za.i.
止瀉藥	下痢止め（げりどめ）	給哩兜妹	ge.ri.do.me.
頭痛藥	頭痛薬（ずつうやく）	資此一呀哭	zu.tsu.u.ya.ku.
止癢藥	かゆみ止め（かゆみどめ）	咖瘀咪兜妹	ka.yu.mi.do.me.
溫度計	体温計（たいおんけい）	他衣歐嗯開一	ta.i.o.n.ke.i.
繃帶	包帯（ほうたい）	吼一他衣	ho.u.ta.i.

OK 繃 (也說バンドエイド)	ばんそうこう 絆創膏	巴嗯搜一口一 ba.n.so.u.ko.u.
透氣膠帶	サージカルテープ	撒一基咖嚕貼一撲 sa.a.ji.ka.ru.te.e.pu.
紗布	ガーゼ	嘎一賊 ga.a.ze.
藥用酒精	しょうどくよう 消毒用 アルコール	休一兜哭優一阿嚕口一嚕 sho.u.do.ku.yo.u.a.ru.ko.o.ru.

日本知名藥品

ROHTO NANO EYE 眼藥水	ロート・ナノアイ	摟一偷拿 no 阿衣 ro.o.to.na.no.a.i.
小花眼藥水	ロート・リセ	摟一偷哩誰 ro.o.to.ri.se.
曼秀雷敦 AD 乳液	メンソレータム AD	妹嗯搜勒一他母せ低 me.n.so.re.e.ta.mu.e.di.
悠斯晶乳霜	ユースキン	瘀一思 key 嗯 yu.u.su.ki.n.
PAIR 痘痘藥 (也可說ペア)	ペアアクネクリーム	呸阿阿哭內哭哩一母 pe.a.a.ku.ne.ku.ri.i.mu.
EVE — A 錠止痛藥	じょう イブ A 錠	衣捕せ糾一 i.bu.e.jo.u.
EVE Quick 錠	イブクイック	衣捕哭衣・哭 i.bu.ku.i.kku.
KOWA 蚊蟲止癢液 (也可說ウナ)	ウナコーワクール	烏拿口一哇哭一嚕 u.na.ko.o.wa.ku.u.ru.

MUHI 蚊蟲止癢藥	ムヒ	母 he mu.hi.
新表飛鳴	ビオフェルミン	逼歐非嚕咪嗯 bi.o.fe.ru.mi.n.
若元錠	わかもと	哇咖謀偷 wa.ka.mo.to.
俏正美 CHOCOLA BB	チョコラ BB	秋口啦逼逼 cho.ko.ra.bi.bi.
武田合利他命	アリナミン	阿哩拿咪嗯 a.ri.na.mi.n.
RURU 感冒藥	新(しん)ルル	吸嗯嚕嚕 shi.n.ru.ru.
膠原蛋白	コラーゲン	口啦一給嗯 ko.ra.a.ge.n.
小林製藥液體防水 OK 蹦	サカムケア	咖撒母開阿 sa.ka.mu.ke.a.
大正製藥	大正製薬(たいしょうせいやく)	他衣休一誰一呀哭 ta.i.sho.u.se.i.ya.ku.
大正綜合感冒藥 PABURON	パブロン	趴捕摟嗯 pa.bu.ro.n.
口內炎貼片	口内炎(こうないえん)パッチ	口一拿衣せ嗯趴・漆 ko.u.na.i.e.n.pa.cchi.
大正便祕藥	コーラック	口一啦・哭 ko.o.ra.kku.
Ora2(牙膏)	オーラツー	歐一啦此一 o.o.ra.tsu.u.

休足時間	きゅうそくじかん 休足時間	Q一搜哭基咖嗯 kyu.u.so.ku.ji.ka.n.
花王蒸氣貼布系列	めぐりズム	妹古哩資母 me.gu.ri.zu.mu.
娥羅那英軟膏	オロナイン	歐摟拿衣嗯 o.ro.na.i.n.

各級醫院

醫院	びょういん 病院	逼優一衣嗯 byo.u.i.n.
診所	クリニック	哭哩你・哭 ku.ri.ni.kku.
大學附設醫院	だいがくびょういん 大学病院	搭衣嘎哭逼優一衣嗯 da.i.ga.ku.byo.u.i.n.
綜合醫院	そうごうびょういん 総合病院	搜一狗一逼優一衣嗯 so.u.go.u.byo.u.i.n.
看診間	しんさつしつ 診察室	吸嗯撒此吸此 shi.n.sa.tsu.shi.tsu.
急診室	きゅうきゅうしつ 救急室	Q一Q一吸此 kyu.u.kyu.u.shi.tsu.
大型醫療中心	いりょうけんきゅう 医療研究センター	衣溜一開嗯Q一誰嗯他一 i.ryo.u.ke.n.kyu.u.se.n.ta.a.

醫院科別

內科	ないか 内科	拿衣咖 na.i.ka.

外科	げか 外科	給咖 ge.ka.
婦產科	さんふじんか 産婦人科	撒嗯夫基嗯咖 sa.n.fu.ji.n.ka.
小兒科	しょうにか 小児科	休一你咖 sho.u.ni.ka.
耳鼻喉科	じびか 耳鼻科	基逼咖 ji.bi.ka.
皮膚科	ひふか 皮膚科	he 夫咖 hi.fu.ka.
眼科	がんか 眼科	嘎嗯咖 ga.n.ka.
身心科	しんりょうないか 心療内科	吸嗯溜一拿衣咖 shi.n.ryo.u.na.i.ka.
肝膽腸胃科	しょうかきか 消化器科	休一咖 key 咖 sho.u.ka.ki.ka.
齒科	しか 歯科	吸咖 shi.ka.

醫療行為

看診	しんりょう 診療	吸嗯溜一 shi.n.ryo.u.
醫生	いしゃ 医者	衣瞎 i.sha.
病患	かんじゃ 患者	咖嗯加 ka.n.ja.

護士	かんごし 看護師	咖嗯狗吸 ka.n.go.shi.
診斷書	しんだんしょ 診断書	吸嗯搭嗯休 shi.n.da.n.sho.
病歷	カルテ	咖嚕貼 ka.ru.te.
診療費	しんりょうりょう 診療料	吸嗯溜一溜一 shi.n.ryo.u.ryo.u.
夜間看診	やかんうけつけ 夜間受付	呀咖嗯烏開此開 ya.ka.n.u.ke.tsu.ke.
初診	しょしん 初診	休吸嗯 sho.shi.n.
回診	さいらいうけつけ 再来受付	撒衣啦衣烏開此開 sa.i.ra.i.u.ke.tsu.ke.
第二醫療意見	セカンド オピニオン	誰咖嗯兜歐披你歐嗯 se.ka.n.do.o.pi.ni.o.n.
檢查	けんさ 検査	開嗯撒 ke.n.sa.
急診	きゅうきゅう 救急	Q－Q－ kyu.u.kyu.u.
注射	ちゅうしゃ 注射	去一瞎 chu.u.sha.
點滴	てんてき 点滴	貼嗯貼 key te.n.te.ki.
輸血	ゆけつ 輸血	瘀開此 yu.ke.tsu.

手術	手術（しゅじゅつ）	噓居此 shu.ju.tsu.
復健	リハビリ	哩哈逼哩 ri.ha.bi.ri.
X光	レントゲン	勒嗯偷給嗯 re.n.to.ge.n.
心電圖	心電図（しんでんず）	吸嗯爹嗯資 shi.n.de.n.zu.
血壓	血圧（けつあつ）	開此阿此 ke.tsu.a.tsu.

住院

住院	入院（にゅういん）	女一衣嗯 nyu.u.i.n.
出院	退院（たいいん）	他衣一嗯 ta.i.i.n.
定期回診	通院（つういん）	此一衣嗯 tsu.u.i.n.
醫院餐	病院食（びょういんしょく）	逼優一衣嗯休哭 byo.u.i.n.sho.ku.
謝絕探病	面会謝絶（めんかいしゃぜつ）	妹嗯咖衣瞎賊此 me.n.ka.i.sha.ze.tsu.
探病	お見舞い（みまい）	歐咪媽衣 o.mi.ma.i.
住院費	入院費（にゅういんひ）	女一衣嗯 he nyu.u.i.n.hi.

通訊網路

電話

電話	電話（でんわ）	爹嗯哇 de.n.wa.
電話號碼	電話番号（でんわばんごう）	爹嗯哇巴嗯狗一 de.n.wa.ba.n.go.u.
打電話	電話（でんわ）をかける	爹嗯哇喔咖開嚕 de.n.wa.o.ka.ke.ru.
再打一次	かけ直（なお）す	咖開拿歐思 ka.ke.na.o.su.
打錯電話	かけ間違（まちが）える	咖開媽漆嘎せ嚕 ka.ke.ma.chi.ga.e.ru.
電話轉給～	電話（でんわ）を回（まわ）す	爹嗯哇喔媽哇思 de.n.wa.o.ma.wa.su.
接電話	電話（でんわ）にでる	爹嗯哇你爹嚕 de.n.wa.ni.de.ru.
電話中	話（はな）し中（ちゅう）	哈拿吸去一 ha.na.shi.chu.u.
不通	通（つう）じない	此一基拿衣 tsu.u.ji.na.i.
喂（接電話時）	もしもし	謀吸謀吸 mo.shi.mo.shi.
室內電話	固定電話（こていでんわ）	口貼一爹嗯哇 ko.te.i.de.n.wa.

國際電話	こくさいでんわ 国際電話	口哭撒衣爹嗯哇 ko.ku.sa.i.de.n.wa.
免付費電話	フリーダイヤル	夫哩一搭衣呀嚕 fu.ri.i.da.i.ya.ru.
插撥	キャッチホン	克呀・漆吼嗯 kya.cchi.ho.n.
傳真	ファックス	發・哭思 fa.kku.su.
話費	つうわりょう 通話料	此一哇溜一 tsu.u.wa.ryo.u.

手機

傳統手機(也可說ガラケー)	ケータイ	開一他一 ke.e.ta.i.
智慧型手機	スマホ	思媽吼 su.ma.ho.
手機保護殼	スマホケース	思媽吼開一思 su.ma.ho.ke.e.su.
郵件信箱	メールアドレス	妹一嚕阿兜勒思 me.e.ru.a.do.re.su.
電話留言	るすでん 留守電	嚕思爹嗯 ru.su.de.n.
來電鈴聲	ちゃくしんおん 着信音	掐哭吸嗯歐嗯 cha.ku.shi.n.o.n.
震動	バイブ	巴衣捕 ba.i.bu.

靜音模式	マナーモード	媽拿一謀一兜 ma.na.a.mo.o.do.
螢幕鎖定	画面(がめん)ロック	嘎妹嗯摟・哭 ga.me.n.ro.kku.
電源	電源(でんげん)	爹嗯給嗯 de.n.ge.n.
充電	充電(じゅうでん)	居一爹嗯 ju.u.de.n.
收訊	電波(でんぱ)	爹嗯趴 de.n.pa.
來電	着信(ちゃくしん)	掐哭吸嗯 cha.ku.shi.n.
拒接來電	着信拒否(ちゃくしんきょひ)	掐哭吸嗯克優 he cha.ku.shi.n.kyo.hi.
接收	受信(じゅしん)	居吸嗯 ju.shi.n.
傳送	送信(そうしん)	搜一吸嗯 so.u.shi.n.
紅外線	赤外線(せきがいせん)	誰 key 嘎衣誰嗯 se.ki.ga.i.se.n.
藍牙	ブルートゥース	捕嚕一吐一思 bu.ru.u.tu.u.su.
郵件、簡訊	メール	妹一嚕 me.e.ru.
訊息	メッセージ	妹・誰一基 me.sse.e.ji.

沒訊號	圏外（けんがい）	開嗯嘎衣 ke.n.ga.i.
行動網路	モバイルネットワーク	謀巴衣嚕內・偷哇一哭 mo.ba.i.ru.ne.tto.wa.a.ku.
手機桌布	待ち受け（まちうけ）	媽漆烏開 ma.chi.u.ke.
APP	アプリ	阿撲哩 a.pu.ri.
觸控螢幕	タッチパネル	他・漆趴內嚕 ta.cchi.pa.ne.ru.
預付卡	プリペイドカード	撲哩呸一兜咖一兜 pu.ri.pe.i.do.ka.a.do.

電腦平板

電腦	パソコン	趴搜口嗯 pa.so.ko.n.
筆記型電腦	ノートパソコン	no 一偷趴搜口嗯 no.o.to.pa.so.ko.n.
平板電腦	タブレット	他捕勒・偷 ta.bu.re.tto.
螢幕	モニター	謀你偷一 mo.ni.ta.a.
鍵盤	キーボード	key 一玻一兜 ki.i.bo.o.do.
滑鼠	マウス	媽烏思 ma.u.su.

硬碟	ハードディスク	哈一兜低思哭 ha.a.do.di.su.ku.
軟體	ソフト	搜夫偷 so.fu.to.
游標	カーソル	咖一搜嚕 ka.a.so.ru.
點擊	クリック	哭哩．哭 ku.ri.kku.
拖曳	ドラッグ	兜啦．古 do.ra.ggu.
重新開機	さいきどう 再起動	撒衣 key 兜一 sa.i.ki.do.u.
強制停止	きょうせいしゅうりょう 強制終了	克優一誰一噓一溜一 kyo.u.se.i.shu.u.ryo.u.
檔案夾	フォルダ	否嚕搭 fo.ru.da.
檔案	ファイル	發衣嚕 fa.i.ru.
打開（檔案、視窗）	ひら 開く	he 啦哭 hi.ra.ku.
關上（檔案、視窗）	と 閉じる	偷基嚕 to.ji.ru.
存檔	ほぞん 保存	吼走嗯 ho.zo.n.
刪除	さくじょ 削除	撒哭糾 sa.ku.jo.

複製	コピー	口披一 ko.pi.i.
貼上	ペースト	呸一思偷 pe.e.su.to.
亂碼	文字化け（もじば）	謀基巴開 mo.ji.ba.ke.

網路

網路	インターネット	衣嗯他一內・偷 i.n.ta.a.ne.tto.
飛航模式	機内モード（きない）	key 拿衣謀一兜 ki.na.i.mo.o.do.
有線網路	有線 LAN（ゆうせんらん）	瘀一誰嗯啦嗯 yu.u.se.n.ra.n.
無線網路	無線 LAN（むせんらん）	母誰嗯啦嗯 mu.se.n.ra.n.
路由器	ルータ	嚕一他 ru.u.ta.
網頁	ホームページ	吼一母呸一基 ho.o.mu.pe.e.ji.
網站	ウェブサイト	喂捕撒衣偷 we.bu.sa.i.to.
搜尋	検索（けんさく）	開嗯撒哭 ke.n.sa.ku.
下載	ダウンロード	搭烏嗯摟一兜 da.u.n.ro.o.do.

上傳	アップロード	阿・撲摟一兜 a.ppu.ro.o.do.
帳號	アカウント	阿咖烏嗯偷 a.ka.u.n.to.
登入	ログイン	摟古衣嗯 ro.gu.i.n.
登出	ログアウト	摟古阿烏偷 ro.gu.a.u.to.
病毒	ウィルス	we 嚕思 u.i.ru.su.

電玩

遊戲	ゲーム	給一母 ge.e.mu.
電玩玩家	ゲーマー	給一媽一 ge.e.ma.a.
電視遊樂器	テレビゲーム機(き)	貼勒逼給一母 key te.re.bi.ge.e.mu.ki.
掌上型電玩遊戲	ポータブルゲーム	剖一他捕嚕給一母 po.o.ta.bu.ru.ge.e.mu.
遊戲 APP	ゲームアプリ	給一母阿撲哩 ge.e.mu.a.pu.ri.
線上遊戲	オンラインゲーム	歐嗯啦衣嗯給一母 o.n.ra.i.n.ge.e.mu.
遊戲網站	ゲームサイト	給一母撒衣偷 ge.e.mu.sa.i.to.

網咖	ネットカフェ	內．偷咖非 ne.tto.ka.fe.

3C 產品

喇叭	スピーカー	思披一咖一 su.pi.i.ka.a.
耳機麥克風	ヘッドセット	嘿．兜誰．偷 he.ddo.se.tto.
網路攝影機	ウェブカメラ	喂捕咖妹啦 we.bu.ka.me.ra.
行動電源	モバイル バッテリー	謀巴衣嚕巴．貼哩一 mo.ba.i.ru.ba.tte.ri.i.
數位相機	デジタルカメラ	爹基他嚕咖妹啦 de.ji.ta.ru.ka.me.ra.
外接式（電腦周邊）	外付け（そとづけ）	搜偷資開 so.to.zu.ke.
印表機	プリンタ	撲哩嗯他 pu.ri.n.ta.
事務機	複合機（ふくごうき）	夫哭狗一 key fu.ku.go.u.ki.
掃描機	スキャナ	思克呀拿 su.kya.na.
墨水	インク	衣嗯哭 i.n.ku.
記憶卡	メモリカード	妹謀哩咖一兜 me.mo.ri.ka.a.do.

興趣

興趣

嗜好	趣味（しゅみ）	噓咪 shu.mi.
有興趣	興味がある（きょうみ）	克優一咪嘎阿嚕 kyo.u.mi.ga.a.ru.
沒興趣	興味がない（きょうみ）	克優一咪嘎內衣 kyo.u.mi.ga.na.i.
類別	ジャンル	加嗯嚕 ja.n.ru.
欣賞	鑑賞（かんしょう）	咖嗯休一 ka.n.sho.u.
收藏	集める（あつ）	阿此妹嚕 a.tsu.me.ru.
閒暇	余暇（よか）	優咖 yo.ka.
休閒	レジャー	勒加一 re.ja.a.
打發時間	暇つぶし（ひま）	he 媽此捕吸 hi.ma.tsu.bu.shi.
同好會	同好会（どうこうかい）	兜一口一咖衣 do.u.ko.u.ka.i.
社團	サークル	撒一哭嚕 sa.a.ku.ru.

集會	集まり（あつ）	阿此媽哩 a.tsu.ma.ri.

電視廣播

電視節目	テレビ番組（ばんぐみ）	貼勒逼巴嗯古咪 te.re.bi.ba.n.gu.mi.
節目	番組（ばんぐみ）	巴嗯古咪 ba.n.gu.mi.
主持人	司会（しかい）	吸咖衣 shi.ka.i.
主播、播報員	アナウンサー	阿拿烏嗯撒一 a.na.u.n.sa.a.
節目表	番組表（ばんぐみひょう）	巴嗯古咪合優一 ba.n.gu.mi.hyo.u.
新聞節目	ニュース番組（ばんぐみ）	女一思巴嗯古咪 nyu.u.su.ba.n.gu.mi.
生活資訊節目	情報番組（じょうほうばんぐみ）	糾一吼巴嗯古咪 jo.u.ho.u.ba.n.gu.mi.
音樂節目	音楽番組（おんがくばんぐみ）	歐嗯嘎哭巴嗯古咪 o.n.ga.ku.ba.n.gu.mi.
綜藝節目	バラエティ番組（ばんぐみ）	巴啦せ踢巴嗯古咪 ba.ra.e.ti.ba.n.gu.mi.
體育節目	スポーツ番組（ばんぐみ）	思剖一此巴嗯古咪 su.po.o.tsu.ba.n.gu.mi.
現場直播	生放送（なまほうそう）	拿媽吼一搜一 na.ma.ho.u.so.u.

廣播節目	ラジオ番組（ばんぐみ）	啦基歐巴嗯古咪 ra.ji.o.ba.n.gu.mi.

動漫

動畫	アニメ	阿你妹 a.ni.me.
動畫歌曲、アニソン	アニメソング	阿你妹搜嗯古 a.ni.me.so.n.gu.
主題曲 OP	主題歌（しゅだいか）	噓搭衣咖 shu.da.i.ka.
配音員	声優（せいゆう）	誰一瘀一 se.i.yu.u.
人偶	フィギュア	夫衣哥瘀阿 fi.gyu.a.
週邊商品	キャラクターグッズ	克呀啦哭他一古一資 kya.ra.ku.ta.a.gu.zzu.
角色扮演	コスプレ	口思撲勒 ko.su.pu.re.
漫畫 (也可說コミック)	漫画（まんが）	媽嗯嘎 ma.n.ga.
漫畫改編成卡通	アニメ化（か）	阿你妹咖 a.ni.me.ka.
恐怖漫畫	ホラー漫画（まんが）	吼啦一媽嗯嘎 ho.ra.a.ma.n.ga.
搞笑漫畫	ギャグ漫画（まんが）	哥呀古媽嗯嘎 gya.gu.ma.n.ga.

漫畫雜誌	し マンガ誌	媽嗯嘎吸 man.ga.shi.
連載	れんさい 連載	勒嗯撒衣 re.n.sa.i.
單行本	たんこうぼん 単行本	他嗯口一玻嗯 ta.n.ko.u.bo.n.

閱讀

書	ほん 本	吼嗯 ho.n.
雜誌	ざっし 雑誌	紮·吸 za.sshi.
報紙	しんぶん 新聞	吸嗯捕嗯 shi.n.bu.n.
週刊	しゅうかんし 週刊誌	噓一咖嗯吸 sho.u.ka.n.shi.
MOOK 誌	ほん ムック本	母·哭玻嗯 mu.kku.bo.n.
繪本	えほん 絵本	ㄝ吼嗯 e.ho.n.
散文	エッセイ	ㄝ·誰一 e.sse.i.
小開本人文科學類書籍	しんしょ 新書	吸嗯休 shi.n.sho.
小開本書籍	ぶんこ 文庫	捕嗯口 bu.n.ko.

暢銷書	ベストセラー	背思偷誰啦ー be.su.to.se.ra.a.

電影戲劇

電影	映画（えいが）	せー嘎 e.i.ga.
電影欣賞	映画鑑賞（えいがかんしょう）	せー嘎咖嗯休ー e.i.ga.ka.n.sho.u.
電影院	映画館（えいがかん）	せー嘎咖嗯 e.i.ga.ka.n.
複合式影院	シネコン	吸內口嗯 si.ne.ko.n.
電影院、劇場	劇 場（げきじょう）	給 key 糾ー ge.ki.jo.u.
紀錄片	ドキュメンタリー	兜 Q ー妹嗯他哩ー do.kyu.me.n.ta.ri.i.
恐怖片	ホラー映画（えいが）	吼啦ーせー嘎 ho.ra.a.e.i.ga.
喜劇	コメディ	口妹低 ko.me.di.
連續劇	ドラマ	兜啦媽 do.ra.ma.

音樂

日本流行音樂	Jポップ	接剖．撲 je.po.ppu.

古典樂	クラシック	哭啦吸・哭 ku.ra.shi.kku.
民俗音樂	民族音楽（みんぞくおんがく）	咪嗯走哭歐嗯嘎哭 mi.n.zo.ku.o.n.ga.ku.
流行樂	ポップ音楽（おんがく）	剖・撲歐嗯嘎哭 po.ppu.o.n.ga.ku.
搖滾樂	ロックンロール	摟・哭嗯摟一嚕 ro.kku.n.ro.o.ru.
情歌	バラード	巴啦一兜 ba.ra.a.do.
舞曲	ダンス曲（きょく）	搭嗯思克優哭 da.n.su.kyo.ku.
早期的流行歌曲	歌謡曲（かようきょく）	咖優一克優哭 ka.yo.u.kyo.ku.
民謠	フォーク	否一哭 fo.o.ku.
爵士	ジャズ	加資 ja.zu.
歌手	歌手（かしゅ）	咖嘘 ka.shu.
演歌歌手	演歌歌手（えんかかしゅ）	せ嗯咖咖嘘 e.n.ka.ka.shu.
創作歌手	シンガーソングライター	吸嗯嘎一搜嗯古啦衣他一 shi.n.ga.a.so.n.gu.ra.i.ta.a.
樂團	バンド	巴嗯兜 ba.n.do.

主唱	ボーカリスト	玻一咖哩思偷 bo.o.ka.ri.su.to.
樂器	楽器（がっき）	嘎．key ga.kki.
鼓	ドラム	兜啦母 do.ra.mu.
吉他	ギター	個衣他一 gi.ta.a.
貝斯	ベース	背一思 be.e.su.
電吉他	エレキギター	せ勒 key 個衣他一 e.re.ki.gi.ta.a
鋼琴	ピアノ	披阿 no pi.a.no.
小提琴	バイオリン	巴衣歐哩嗯 ba.i.o.ri.n.
卡啦 OK	カラオケ	咖啦歐開 ka.ra.o.ke.

藝術活動

戲劇	演劇（えんげき）	せ嗯給 key e.n.ge.ki.
畫廊美術館	画廊（がろう）	嘎摟一 ga.ro.u.
展覽	展覧会（てんらんかい）	貼嗯啦嗯咖衣 te.n.ra.n.ka.i.

插畫	イラスト	衣啦思偷 i.ra.su.to.
畫家	画家（がか）	嘎咖 ga.ka.
歌劇	オペラ	歐呸啦 o.pe.ra.
音樂劇	ミュージカル	咪瘀一基咖嚕 my.u.ji.ka.ru.
舞蹈	ダンス	搭嗯思 da.n.su.

偶像藝能

偶像	アイドル	阿衣兜嚕 a.i.do.ru.
演員、男演員	俳優（はいゆう）	哈衣瘀一 ha.i.yu.u.
女演員	女優（じょゆう）	糾瘀一 jo.yu.u.
藝術家、藝人	アーティスト	阿一踢思偷 a.a.ti.su.to.
藝人	タレント	他勒嗯偷 ta.re.n.to.
團體	グループ	古嚕一撲 gu.ru.u.pu.
歌迷、影迷	ファン	發嗯 fa.n.

音樂下載服務	音楽配信（おんがくはいしん）	歐嗯嘎哭哈衣吸嗯 o.n.ga.ku.ha.i.shi.n.
專輯	アルバム	阿嚕巴母 a.ru.ba.mu.
單曲	シングル	吸嗯古嚕 shi.n.gu.ru.
排行榜	ランキング	啦嗯 key 嗯古 ra.n.ki.n.gu.
銷量	売上（うりあげ）	烏哩阿給 u.ri.a.ge.
後援會	ファンクラブ	發嗯哭啦捕 fa.n.ku.ra.bu.

參加活動

演唱會、現場演奏	ライブ	啦衣捕 ra.i.bu.
演唱會	コンサート	ㄎ嗯撒一偷 ko.n.sa.a.to.
公演	公演（こうえん）	ㄎ一せ嗯 ko.u.e.n.
巡迴演唱	ツアー	此阿一 tsu.a.a.
夏日音樂祭	夏（なつ）フェス	拿此非思 na.tsu.fe.su.
街頭表演	路上（ろじょう）ライブ	摟糾一啦衣捕 ro.jo.u.ra.i.bu.

握手會	握手会（あくしゅかい）	阿哭噓咖衣 a.ku.shu.ka.i.
歌友會、影友會	ファン ミーティング	發嗯咪一踢嗯古 fa.n.mi.i.ti.n.gu.
抽票、抽出	抽選（ちゅうせん）	去一誰嗯 chu.u.se.n.

占星算命

算命	占い（うらない）	烏啦拿衣 u.ra.na.i.
準確	当たる（あたる）	阿他嚕 a.ta.ru.
算命師	占い師（うらないし）	烏啦拿衣吸 u.ra.na.i.shi.
風水	風水（ふうすい）	夫一思衣 fu.u.su.i.
手相	手相（てそう）	貼搜一 te.so.u.
面相	面相（めんそう）	妹嗯搜一 me.n.so.u.
塔羅牌	タロット	他摟·偷 ta.ro.tto.
生肖	干支（えと）	せ偷 e.to.
星座	星座（せいざ）	誰一紮 se.i.za.

血型	血液型（けつえきがた）	開此せ key 嘎他 ke.tsu.e.ki.ga.ta.
生日	誕生日（たんじょうび）	他嗯糾一逼 ta.n.jo.u.bi.
火向星座	火（ひ）のサイン	he no 撒衣嗯 hi.no.sa.i.n.
風向星座	空気（くうき）のサイン	哭一 key no 撒衣嗯 ku.u.ki.no.sa.i.n.
土向星座	地（ち）のサイン	漆 no 撒衣嗯 chi.no.sa.i.n.
水向星座	水（みず）のサイン	咪資 no 撒衣嗯 mi.zu.no.sa.i.n.
白羊座	おひつじ座（ざ）	歐 he 此基紮 o.hi.tsu.ji.za.
金牛座	おうし座（ざ）	歐烏吸紮 o.u.shi.za.
雙子座	ふたご座（ざ）	夫他狗紮 fu.ta.go.za.
巨蟹座	かに座（ざ）	咖你紮 ka.ni.za.
獅子座	しし座（ざ）	吸吸紮 shi.shi.za.
處女座	乙女座（おとめざ）	歐偷妹紮 o.to.me.za.
天秤座	てんびん座（ざ）	貼嗯逼嗯紮 te.n.bi.n.za.

天蠍座	さそり座（ざ）	撒搜哩紮 sa.so.ri.za.
射手座	いて座（ざ）	衣貼紮 i.te.za.
山羊座、魔羯座	山羊座（やぎざ）	呀個衣紮 ya.gi.za.
水瓶座	みずがめ座（ざ）	咪資嘎妹紮 mi.zu.ga.me.za.
雙魚座	うお座（ざ）	烏歐紮 u.o.za.

博奕

賭博(也可說ばくち)	ギャンブル	哥呀嗯捕嚕 gya.n.bu.ru.
賭場	カジノ	咖基 no ka.ji.no.
籌碼	チップ	漆・撲 chi.ppu.
賽馬	競馬（けいば）	開一巴 ke.i.ba.
馬票	馬券（ばけん）	巴開嗯 ba.ke.n.
競艇	競艇（きょうてい）	克優一貼一 kyo.u.te.i.
自行車競賽	競輪（けいりん）	開一哩嗯 ke.i.ri.n.

賠率	オッズ	歐・資 o.zzu.
彩券	宝くじ（たから）	他咖啦哭基 ta.ka.ra.ku.ji.
樂透	ロト	摟偷 ro.to.
刮刮樂	スクラッチ	思哭啦・漆 su.ku.ra.cchi.
中獎號碼	当せん番号（とう・ばんごう）	偷一誰嗯巴嗯狗一 to.u.se.n.ba.n.go.u.

靜態遊戲、收藏

桌遊	ボードゲーム	玻一兜給一母 bo.o.do.ge.e.mu.
紙牌遊戲、遊戲卡遊戲	カードゲーム	咖一兜給一母 ka.a.do.ge.e.mu.
大富翁	人生ゲーム（じんせい）	基嗯誰一給一母 ji.n.se.i.ge.e.mu.
骰子	さいころ	撒衣口摟 sa.i.ko.ro.
撲克牌	トランプ	偷啦嗯撲 to.ra.n.pu.
麻將	麻雀（まーじゃん）	媽一加嗯 ma.a.ja.n.
日式象棋、將棋	将棋（しょうぎ）	休一個衣 sho.u.gi.

圍棋	囲碁（いご）	衣狗 i.go.
玩具	おもちゃ	歐謀掐 o.mo.cha.
飛鏢	ダーツ	搭一此 da.a.tsu.
拼圖	ジグソーパズル	基古搜一趴資嚕 ji.gu.so.o.pa.zu.ru.
汽車模型	ミニカー	咪你咖一 mi.ni.ka.a.
手工藝クラフト	手芸（しゅげい）	嘘給一 shu.ge.i.
製作布偶	人形作り（にんぎょうづくり）	你嗯哥優一資哭哩 ni.n.gyo.u.zu.ku.ri.
編織	編み物（あみもの）	阿咪謀 no a.mi.mo.no.
拼布	パッチワーク	趴添哇一哭 pa.cchi.wa.a.ku.
工藝	工芸（こうげい）	口一給一 ko.u.ge.i.
陶藝	陶芸（とうげい）	偷一給一 to.u.ge.i.
書法	書道（しょどう）	休兜一 sho.do.u.
花藝	フラワーアレンジメント	夫啦哇一阿勒嗯基妹嗯偷 fu.ra.wa.a.a.re.n.ji.me.n.to.

戶外活動

戶外活動

慢跑	ジョギング	糾個衣嗯古 jo.ki.n.gu.
健行	ハイキング	哈衣 key 嗯古 ha.i.ki.n.gu.
登山	登山（とざん）	偷紮嗯 to.za.n.
跳傘	スカイダイビング	思咖衣搭衣逼嗯古 su.ka.i.da.i.bi.n.gu.
露營	キャンプ	克呀嗯撲 kya.n.pu.
騎馬	乗馬（じょうば）	糾一巴 jo.u.ba.

室內運動

運動	スポーツ	思剖一此 su.po.o.tsu.
瑜加	ヨガ	優嘎 yo.ga.
有氧運動	エアロビクス	せ阿摟逼哭思 e.a.ro.bi.ku.su.
拳擊	ボクシング	玻哭吸嗯古 bo.ku.shi.n.gu.

柔道	柔道（じゅうどう）	居一兜一 ju.u.do.u.
空手道	空手（からて）	咖啦貼 ka.ra.te.
劍道	剣道（けんどう）	開嗯兜一 ke.n.do.u.
跆拳道	テコンドー	貼口嗯兜一 te.ko.n.do.o.
體操	体操（たいそう）	他衣搜一 ta.i.so.u.

水上活動

水上活動	マリンスポーツ	媽哩嗯思剖一此 ma.ri.n.su.po.o.tsu.
游泳	水泳（すいえい）	思衣せ一 su.i.e.i.
去海邊玩	海水浴（かいすいよく）	咖衣思衣優哭 ka.i.su.i.yo.ku.
衝浪	サーフィン	撒一夫衣嗯 sa.a.fi.n.
潛水	スキューバダイビング	思Q一巴搭衣逼嗯古 su.kyu.u.ba.da.i.bi.n.gu.
釣魚	釣り（つ）	此哩 tsu.ri.
海水浴場	海水浴場（かいすいよくじょう）	咖衣思衣優哭糾一 ka.i.su.i.yo.ku.jo.u.

游泳池	プール	撲一嚕 pu.u.ru.

球類運動

撞球	ビリヤード	逼哩呀一兜 bi.ri.ya.a.do.
乒乓球	卓球（たっきゅう）	他．Q 一 ta.kkyu.u.
排球	バレーボール	巴勒一玻一嚕 be.re.e.bo.o.ru.
網球	テニス	貼你思 te.ni.su.
棒球	野球（やきゅう）	呀 Q 一 ya.kyu.u.
保齡球	ボウリング	玻一哩嗯古 bo.u.ri.n.gu.
高爾夫球	ゴルフ	狗嚕夫 go.ru.fu.
足球	サッカー	撒．咖一 sa.kka.a.
五人制足球	フットサル	夫．偷撒嚕 fu.tto.sa.ru.
籃球	バスケットボール	巴思開．偷玻一嚕 ba.su.ke.tto.bo.o.ru.
壘球	ソフトボール	搜夫偷玻一嚕 so.fu.to.bo.o.ru.

羽毛球	バドミントン	巴兜咪嗯偷嗯 ba.do.mi.n.to.n.
槌球	ゲートボール	開一偷玻一嚕 ge.e.to.bo.o.ru.

田徑運動

田徑運動	りくじょうきょうぎ 陸上競技	哩哭糾一克優一個衣 ri.ku.jo.u.kyo.u.gi.
馬拉松	マラソン	媽啦搜嗯 ma.ra.so.n.
長跑	ちょうきょりそう 長距離走	秋一克優哩搜一 cho.u.kyo.ri.so.u.
短跑	たんきょりそう 短距離走	他嗯克優哩搜一 ta.n.kyo.ri.so.u.
百公尺短跑	ひゃく　そう 百メートル走	合呀哭妹一偷嚕搜一 hya.ku.me.e.to.ru.so.u.
偷跑	フライング	夫啦衣嗯古 fu.ra.i.n.gu.
跳高	はし　たかと 走り高跳び	哈吸哩他咖偷逼 ha.shi.ri.ta.ka.to.bi.
跳遠	はし　はばと 走り幅跳び	哈吸哩哈巴偷逼 ha.shi.ri.ha.ba.to.bi.
撐竿跳	ぼうたかと 棒高跳び	玻一他咖偷逼 bo.u.ta.ka.to.bi.
跨欄	ハードル	哈一兜嚕 ha.a.do.ru.

接力	リレー	哩勒一 ri.re.e.

冬季運動

滑雪	スキー	思 key 一 su.ki.i.
滑雪板	スノーボード	思 no 玻一兜 su.no.o.bo.o.do.
滑冰	スケート	思開一偷 su.ke.e.to.
滑雪場	スキー場（じょう）	思 key 一糾一 su.ki.i.jo.u.

職業運動

看運動比賽	スポーツ観戦（かんせん）	思剖一此咖嗯誰嗯 su.po.o.tsu.ka.n.se.n.
格鬥技	格闘技（かくとうぎ）	咖哭偷一個衣 ka.ku.to.u.gi.
相撲	相撲（すもう）	思謀一 su.mo.u.
職業足球	プロサッカー	撲摟撒・咖一 pu.ro.sa.kka.a.
日本職業足球聯盟	Jリーグ	接哩一古 je.ri.i.gu.
職棒	プロ野球（やきゅう）	撲摟呀 Q 一 pu.ro.ya.kyu.u.

太平洋聯盟	パ・リーグ	趴哩一古 pa.ri.i.gu.
中央聯盟	セ・リーグ	誰哩一古 se.ri.i.gu.
大聯盟	メジャー	妹加一 me.ja.a.
職業高爾夫	プロゴルフ	撲摟狗嚕夫 pu.ro.go.ru.fu.
職業選手	プロ選手（せんしゅ）	撲摟誰嗯噓 pu.ro.se.n.shu.
賽車競技	モータースポーツ	謀一他一思剖一此 mo.o.ta.a.su.po.o.tsu.
摔角	プロレス	撲摟勒思 pu.ro.re.su.
制服	ユニフォーム	瘀你否一母 u.ni.fo.o.mu.

比賽勝敗

比賽	試合（しあい）	吸阿衣 shi.a.i.
對戰	対戦（たいせん）	他衣誰嗯 ta.i.se.n.
預賽	予選（よせん）	優誰嗯 yo.se.n.
決賽	決勝（けっしょう）	開·休一 ke.ssho.u.

勝負	勝負（しょうぶ）	休一捕	sho.u.bu.
淘汰賽	トーナメント	偷一拿妹嗯偷	to.o.na.me.n.to.
同分	同点（どうてん）	兜一貼嗯	do.u.te.n.
平手	引き分け（ひきわけ）	he key 哇開	hi.ki.wa.ke.
勝利	勝ち（かち）	咖漆	ka.chi.
輸	負け（まけ）	媽開	ma.ke.
優勝	優勝（ゆうしょう）	瘀一休一	yu.u.sho.u.
連霸	連覇（れんぱ）	勒嗯趴	re.n.pa.
國手	国家代表（こっかだいひょう）	口．咖搭衣合優一	ko.kka.da.i.hyo.u.
隊伍	チーム	漆一母	chi.i.mu.
頒獎典禮	授賞式（じゅしょうしき）	居休一吸 key	ju.sho.u.shi.ki.
獎盃	トロフィー	偷摟夫衣一	to.ro.fi.i.
獎金	賞金（しょうきん）	休一 key 嗯	sho.u.ki.n.

觀光休閒

休閒場所

休閒設施	レジャー施設（しせつ）	勒加一吸誰此 re.ja.a.shi.se.tsu.
水族館	水族館（すいぞくかん）	思衣走哭咖嗯 su.i.zo.ku.ka.n.
博物館	博物館（はくぶつかん）	哈哭捕此咖嗯 ha.ku.bu.tsu.ka.n.
美術館	美術館（びじゅつかん）	逼居此咖嗯 bi.ju.tsu.ka.n.
科學館	科学館（かがくかん）	咖嘎哭咖嗯 ka.ga.ku.ka.n.
紀念館	記念館（きねんかん）	key 內嗯咖嗯 ki.ne.n.ka.n.
動物園	動物園（どうぶつえん）	兜一捕此せ嗯 do.u.bu.tsu.e.n.
植物園	植物園（しょくぶつえん）	休哭捕此せ嗯 sho.ku.bu.tsu.e.n.
展望台	展望台（てんぼうだい）	貼嗯玻一搭衣 te.n.bo.u.da.i.
露營地	キャンプ場（じょう）	克呀嗯撲糾一 kya.n.pu.jo.u.
體育館	体育館（たいいくかん）	他衣哭咖嗯 ta.i.i.ku.ka.n.

廣場	ひろば 広場	he 摟巴 hi.ro.ba.
運動公園	うんどうこうえん 運動公園	烏嗯兜一口一せ嗯 u.n.do.u.ko.u.e.n.
運動場	スタジアム	思他基阿母 su.ta.ji.a.mu.
巨蛋	ドーム	兜一母 do.o.mu.
渡假村	ち リゾート地	哩走一偷漆 ri.zo.o.to.chi.
避暑勝地	ひしょち 避暑地	he 休漆 hi.sho.chi.

觀光類型

觀光	かんこう 観光	咖嗯口一 ka.n.ko.u.
旅行	りょこう 旅行	溜口一 ryo.ko.u.
個人旅行	ひとりたび 一人旅	he 偷哩他逼 hi.to.ri.ta.bi.
校外教學	しゅうがくりょこう 修学旅行	嘘一嘎哭溜口一 shu.u.ga.ku.ryo.ko.u.
畢業旅行	そつぎょうりょこう 卒業旅行	搜此哥優一溜口一 so.tsu.gyo.u.ryo.ko.u.
蜜月旅行	しんこんりょこう 新婚旅行	吸嗯口一溜口一 shi.n.ko.n.ryo.ko.u.

家族旅行	家族旅行（かぞくりょこう）	咖走哭溜口一 ka.zo.ku.ryo.ko.u.
員工旅遊	社員旅行（しゃいんりょこう）	瞎衣嗯溜口一 sha.i.n.ryo.ko.u.
團體旅行	団体旅行（だんたいりょこう）	搭嗯他衣溜口一 da.n.ta.i.ryo.ku.u.
搭乘巴士觀光	バスツアー	巴思此阿 ba.su.tsu.a.a.
乘火車進行的旅行	鉄道旅行（てつどうりょこう）	貼此兜一溜口一 te.tsu.do.u.ryo.ko.u.
溫泉旅行	温泉旅行（おんせんりょこう）	歐嗯誰嗯溜口一 o.n.se.n.ryo.ko.u.
國內旅行	国内旅行（こくないりょこう）	口哭內衣溜口一 ko.ku.na.i.ryo.ko.u.
國外旅行	海外旅行（かいがいりょこう）	咖衣嘎衣溜口一 ka.i.ga.i.ryo.ko.u.
自由行	フリープラン	夫哩撲啦嗯 fu.ri.i.pu.ra.n.
套裝行程、跟團	パッケージツアー	趴．開一基此阿一 pa.kke.e.ji.tsu.a.a.
單天來回的旅行	日帰り旅行（ひがえりりょこう）	he 嘎せ哩溜口一 hi.ga.e.ri.ryo.ko.u.

飯店種類

旅館	宿（やど）	呀兜 ya.do.

飯店	ホテル	吼貼嚕 ho.te.ru.
民宿	民宿（みんしゅく）	咪嗯休哭 mi.n.shu.ku.
舊式旅館	旅館（りょかん）	溜咖嗯 ryo.ka.n.
商務飯店	ビジネスホテル	逼基內思吼貼嚕 bi.ji.ne.su.ho.te.ru.
膠囊旅館	カプセルホテル	咖撲誰嚕吼貼嚕 ka.pu.se.ru.ho.te.ru.
週租公寓	ウィークリーマンション	we 一哭哩媽嗯休嗯 ui.i.ku.ri.i.ma.n.sho.n.
渡假飯店	リゾートホテル	哩走一偷吼貼嚕 ri.zo.o.to.ho.te.ru.
青年旅館	ユースホステル	瘀一思吼思貼嚕 yu.u.su.ho.su.te.ru.
類似青年旅館的旅店	ホステル	吼思貼嚕 ho.su.te.ru.

飯店住宿相關

單人房	シングルルーム	吸嗯古嚕嚕一母 shi.n.gu.ru.ru.u.mu.
雙人房（兩床）	ツインルーム	此衣嗯嚕一母 tsu.i.n.ru.u.mu.
雙人房（一張大床）	ダブルルーム	搭捕嚕嚕一母 da.bu.ru.ru.u.mu.

蜜月套房	スイートルーム	思衣一偷嚕一母	su.i.i.to.ru.u.mu.
(加床時的)行軍床	エキストラベッド	せ key 思偷啦背·兜	e.ki.su.to.ra.be.ddo.
上下鋪	二段(にだん)ベッド	你搭嗯背·兜	ni.da.n.be.ddo.
和室房間	和室(わしつ)	哇吸此	wa.shi.tsu.
住宿	宿泊(しゅくはく)	噓哭哈哭	shu.ku.ha.ku.
停留天數	滞在日数(たいざいにっすう)	他衣紮衣你·思一	ta.i.za.i.ni.su.u.
~晚	~泊(はく)	哈哭	ha.ku.
三天兩夜	二泊三日(にはくみっか)	你哈哭咪·咖	ni.ha.ku.mi.kka.
辦理住宿	チェックイン	切·哭衣嗯	che.kku.i.n.
退房	チェックアウト	切·哭阿烏偷	che.kku.a.u.to.
早餐券	朝食券(ちょうしょくけん)	秋一休哭開嗯	cho.u.sho.ku.ke.n.
房卡	カードキー	咖一兜 key 一	ka.a.do.ki.i.
客房送餐服務	ルームサービス	嚕一母撒一逼思	ru.u.mu.sa.a.bi.su.

送洗服務	ランドリーサービス	啦嗯兜哩ー撒ー逼思 ra.n.do.ri.i.sa.a.bi.su.
櫃台	フロント	夫摟嗯偷 fu.ro.n.to.
客房部人員	きゃくしつがかり 客室係	克呀哭吸此嘎咖哩 kya.ku.shi.tsu.ga.ka.ri.
客房清潔人員	ハウスキーピング	哈烏思 key ー披嗯古 ha.u.su.ki.i.pi.n.gu.
經理	しはいにん 支配人	吸哈衣你嗯 shi.ha.i.ni.n.
住宿費	しゅくはくりょうきん 宿泊料金	噓哭哈哭溜ー key 嗯 shu.ku.ha.ku.ryo.u.ki.n.
先付	まえばら 前払い	媽せ巴啦衣 ma.e.ba.ra.i.

景點

觀光景點	かんこう 観光スポット	咖嗯口ー思剖・偷 ka.n.ko.u.su.po.tto.
觀光勝地	かんこうち 観光地	咖嗯口ー漆 ka.n.ko.u.chi.
名勝	めいしょ 名所	妹ー休 me.i.sho.
景色	けしき 景色	開吸 key ke.shi.ki.
國家公園	こくりつこうえん 国立公園	口哭哩此口ーせ嗯 ko.ku.ri.tsu.ko.u.e.n.

世界文化遺產	世界文化遺産（せかいぶんかいさん）	誰咖衣捕嗯咖衣撒嗯 se.ka.i.bu.n.ka.i.sa.n.
歷史古蹟	歴史遺産（れきしいさん）	勒 key 吸衣撒嗯 re.ki.shi.i.sa.n.
主題樂園	テーマパーク	貼一媽趴一哭 te.e.ma.pa.a.ku.
城	お城（しろ）	歐吸摟 o.shi.ro.
古城	古都（こと）	口偷 ko.to.
遺跡	遺跡（いせき）	衣誰 key i.se.ki.

團體行程

旅行社	旅行代理店（りょこうだいりてん）	溜口一搭衣哩貼嗯 ryo.ko.u.da.i.ri.te.n.
集合時間	集合時間（しゅうごうじかん）	噓一狗一基咖嗯 shu.u.go.u.ji.ka.n.
導遊	ガイド	嘎衣兜 ga.i.do.
隨車人員	添乗員（てんじょういん）	貼嗯糾一衣嗯 te.n.jo.u.i.n.
觀光客	観光客（かんこうきゃく）	咖嗯口一克呀哭 ka.n.ko.u.kya.ku.
自由活動時間	フリータイム	夫哩一他衣母 ru.fi.i.ta.i.mu.

拍照攝影

拍照	写真（しゃしん）を撮（と）る	瞎吸嗯喔偷嚕 sha.shi.n.o.to.ru.
紀念照	記念写真（きねんしゃしん）	key 內嗯瞎吸嗯 ki.ne.n.sha.shi.n.
團體照	団体写真（たんたいしゃしん）	搭嗯他衣瞎吸嗯 da.n.ta.i.sha.shi.n.
兩人合照	ツーショット	此一休・偷 tsu.u.sho.tto.
來・笑一個（按快門時說）	はい、チーズ	哈衣漆一資 ha.i.chi.i.zu.
按快門、拍照	シャッターをおす	瞎他一喔歐思 sha.tta.a.o.o.su.
可以拍嗎	撮（と）って いいですか	偷・貼衣一爹思咖 to.tte.i.i.de.su.ka.
可以幫我拍嗎	撮（と）って くれませんか	偷・貼哭勒媽誰嗯咖 to.tte.ku.re.ma.se.n.ka.

租用物品

出借	貸出（かしだし）	咖吸搭吸 ka.shi.da.shi.
借	借（か）りる	咖哩嚕 ka.ri.ru.

租借	レンタル	勒嗯他嚕 re.n.ta.ru.
租金	貸出料（かしだしりょう）	咖吸搭吸溜一 ka.shi.da.shi.ryo.u.
免費租借	無料貸出し（むりょうかしだし）	母溜一咖吸搭吸 mu.ryo.u.ka.shi.da.shi.

接待翻譯

介紹	案内する（あんない）	阿嗯拿衣思嚕 a.n.na.i.su.ru.
翻譯	通訳（つうやく）	此一呀哭 tsu.u.ya.ku.
英語導遊、英語導覽	英語ガイド（えいご）	せ一狗嘎衣兜 e.i.go.ga.i.do.
介紹	紹介する（しょうかい）	休一咖衣思嚕 sho.u.ka.i.su.ru.
迎接	迎える（むか）	母咖せ嚕 mu.ka.e.ru.

日本文化

歌舞伎	歌舞伎（かぶき）	咖捕 key ka.bu.ki.
三味線	三味線（しゃみせん）	瞎咪誰嗯 sha.mi.se.n.
單口相聲	落語（らくご）	啦哭狗 ra.ku.go.

茶道	さとう 茶道	撒兜一 sa.do.u.
書法	しょどう 書道	休兜一 sho.do.u.
賞櫻花	はなみ お花見	歐哈拿咪 o.ha.na.mi.
煙火大會	はなびたいかい 花火大会	哈拿逼他衣咖衣 ha.na.bi.ta.i.ka.i.
賞楓	もみじが 紅葉狩り	謀咪基嘎哩 mo.mi.ji.ga.ri.
祭典	まつ 祭り	媽此哩 ma.tsu.ri.
溫泉	おんせんち 温泉地	歐嗯誰嗯漆 o.n.se.n.chi.

台灣文化

農曆過年	きゅうしょうがつ 旧 正 月	Q 一休一嘎此 kyu.u.sho.u.ga.tsu.
夜市	よいち 夜市	優衣漆 yo.i.chi.
攤販	やたい 屋台	呀他衣 ya.ta.i.
美食	グルメ	古嚕妹 gu.ru.me.
台北 101	たいぺい いちまるいち 台北 １０１	他衣呸一衣漆媽嚕衣漆 ta.i.pe.i.i.chi.ma.ru.i.chi.

天燈節	ランタンフェスティバル	啦嗯他嗯非思踢巴嚕 ra.n.ta.n.fe.su.ti.ba.ru.
清明節	清明節（せいめいせつ）	誰一妹一誰此 se.i.me.i.se.tsu.
端午	端午節（たんごせつ）	他嗯狗誰此 ta.n.go.se.tsu.
龍舟	ドラゴンボート	兜啦狗嗯玻一偷 do.ra.go.n.bo.o.to.
中秋節	中秋節（ちゅうしゅうせつ）	去一噓一誰此 chu.u.shu.u.se.tsu.
故宮博物院	故宮博物院（こきゅうはくぶついん）	口克優一哈哭捕此咖嗯 ko.kkyu.u.ha.ku.bu.tsu.i.n.
歌仔戲	歌仔劇（かざいげき）	咖紮衣給 key ka.za.i.ge.ki.

伴手禮

紀念品專賣店	お土産物屋（みやげものや）	歐咪呀給謀 no 呀 o.mi.ya.ge.mo.no.ya.
名產	お土産（みやげ）	歐咪呀給 o.mi.ya.ge.
鑰匙圈	キーホルダー	key 吼嚕搭一 ki.i.ho.ru.da.a.
當地零食	土産菓子（みやげがし）	咪呀給嘎吸 mi.ya.ge.ga.shi.
當地特產	特産物（とくさんぶつ）	偷哭撒嗯捕此 to.ku.sa.n.bu.tsu.

當地限定	ご当地限定（とうちげんてい）	狗偷一漆給嗯貼一 go.to.u.chi.ge.n.te.i.
當地吉祥物商品	ゆるキャラグッズ	瘀嚕克呀啦古·資 yu.ru.kya.ra.gu.zzu.
當地美食	ご当地（とうち）グルメ	狗偷一漆古嚕妹 go.to.u.chi.gu.ru.me.

匯兌

外幣兌換處	両替所（りょうがえじょ）	溜一嘎せ糾 ryo.u.ga.e.jo.
匯率	レート	勒一偷 re.e.to.
新台幣	台湾（たいわん）ドル	他衣哇嗯兜嚕 ta.i.wa.n.do.ru.
美元	ドル	兜嚕 do.ru.
日圓	日本円（にほんえん）	你吼嗯せ嗯 ni.ho.n.e.n.
零錢	小銭（こぜに）	口賊你 ko.ze.ni.
萬元鈔	一万円札（いちまんえんさつ）	衣漆媽嗯せ嗯撒此 i.chi.ma.n.e.n.sa.tsu.
五千元鈔	五千円札（ごせんえんさつ）	狗誰嗯せ嗯撒此 go.se.n.e.n.sa.tsu.
千元鈔	千円札（せんえんさつ）	誰嗯せ嗯撒此 se.n.e.n.sa.tsu.

國家圖書館出版品預行編目(CIP)資料

我的菜日文：單字速查手冊 / 雅典日研所編著.
-- 初版. -- 新北市 : 雅典文化, 民104.10
面 ; 公分. -- (全民學日語 ; 33)
ISBN 978-986-5753-48-1(平裝)
1.日語 2.詞彙
803.12 104018212

全民學日語 33

我的菜日文單字速查手冊

編著／雅典日研所
責編／許惠萍
美術編輯／許惠萍
封面設計／劉逸芹

法律顧問：方圓法律事務所／涂成樞律師

總經銷：永續圖書有限公司
永續圖書線上購物網
www.foreverbooks.com.tw

CVS代理／美璟文化有限公司
TEL：(02) 2723-9968
FAX：(02) 2723-9668

出版日／2015年10月

雅典文化

出版社
22103 新北市汐止區大同路三段194號9樓之1
TEL (02) 8647-3663
FAX (02) 8647-3660

我的菜日文：單字速查手冊

雅致風靡　典藏文化

親愛的顧客您好，感謝您購買這本書。

為了提供您更好的服務品質，煩請填寫下列回函資料，您的支持是我們最大的動力。

您可以選擇傳真、掃描或用本公司準備的免郵回函寄回，謝謝。

姓名：	性別：　□男　□女
出生日期：　年　月　日	電話：
學歷：	職業：　□男　□女
E-mail：	
地址：□□□	
從何得知本書消息：□逛書店 □朋友推薦 □DM廣告 □網路雜誌	
購買本書動機：□封面 □書名 □排版 □內容 □價格便宜	
你對本書的意見： 內容：□滿意□尚可□待改進　編輯：□滿意□尚可□待改進 封面：□滿意□尚可□待改進　定價：□滿意□尚可□待改進	
其他建議：	

總經銷：永續圖書有限公司

永續圖書線上購物網

www.foreverbooks.com.tw

您可以使用以下方式將回函寄回。

您的回覆，是我們進步的最大動力，謝謝。

① 使用本公司準備的免郵回函寄回。

② 傳真電話：（02）8647-3660

③ 掃描圖檔寄到電子信箱：

yungjiuh@ms45.hinet.net

沿此線對折後寄回，謝謝。

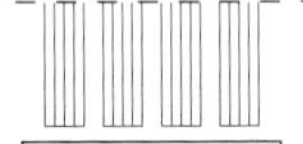

廣告回信
基隆郵局登記證
基隆廣字第056號

221-03

雅典文化事業有限公司　收

新北市汐止區大同路三段194號9樓之1

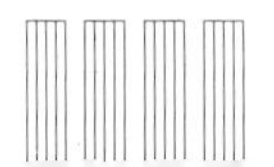